SPECCHIO SPECCHIO

Coordinamento redazionale: Valentina Deiana
Coordinamento grafico e copertina: Viviana Cerrato
Coordinamento tecnico: Maria Rosa Puca
Illustrazioni: Davide Elli

Redazione: corso della Vittoria 91 – 28100 Novara
www.deagostini.it

Stampa: TBB, a. s., Banská Bystrica (SK). - 2012

PAOLA ZANNONER

SPECCHIO SPECCHIO

DeAGOSTINI

Black Snow White

Il razzismo non è andare in giro su un razzo.

1

C'era una volta un principe che andava in giro per il mondo. Era un tipo curioso, e aveva voglia di vedere com'era la gente fuori dal suo paese, se si somigliava tutta o se invece aveva facce e corpi differenti da quelli intorno a lui. Perché, da bambino, un maestro gli aveva detto che i popoli erano tutti diversissimi e che certi avevano costumi strani e incomprensibili, talmente bizzarri da risultare pericolosi per la salute del corpo e della mente. Meglio starsene a casa propria dove tutto era chiaro, semplice e regolare.

Però, un altro maestro gli aveva detto che sì, la gente negli altri paesi magari si vestiva in modo diverso, mangiava cibi sconosciuti, aveva proprie leggi e regole, ma gira gira tutti gli esseri umani si somigliavano, e se si riusciva a vedere oltre le apparenze, si scopriva che "tutto il mondo è paese".

Insomma, il principe decise di toccare con mano la realtà e di scoprire se davvero il mondo era tutto paese o tutto un rebus. Così partì per un viaggio all'estero, con l'idea di stare via al massimo qualche mese.

Invece, rimase fuori del suo regno per diversi anni, prima di tutto perché prese molto gusto a viaggiare e a visitare i luoghi lontani da casa sua, e poi perché, dopo aver girato in lungo e in largo, si stabilì in un paese che gli sembrava il più bello di tutti. Probabilmente la sensazione di tanta meraviglia fu provocata dall'incontro con una ragazza splendida, come davvero non ne aveva mai viste. Era una principessa alta e sottile, dall'incedere elegante. Appena la vide, il principe fu colpito dai grandi occhi simili a due luminose pietre d'onice che brillavano nell'ovale liscio e perfetto del viso. Al principe quel volto sorretto da un lungo collo sottile sembrò il calice di un fiore raro e s'innamorò perdutamente. Così, chiese in moglie la principessa e fece costruire un palazzo per vivere con lei in quel paese caldo, dorato di sole e lambito dal mare. Al suo regno lontano non pensava più tanto, ma la principessa, curiosa, voleva saperne di più e domandava come si vivesse laggiù, cosa c'era di bello.

Il principe raccontava che il suo paese era freddo e d'inverno cadeva dal cielo una pioggia soffice e bianca che ricopriva i campi e i tetti di una spessa coltre.

La bella principessa si meravigliava e chiedeva: «Una pioggia bianca? Bianca come?»

«Come i tuoi denti di perla» spiegava il principe.

La principessa rideva. «Ed è dura questa pioggia? Come i denti?»

«No, è soffice, è come un tappeto.»

«Ah, come vorrei camminare sulla neve!» commentava la principessa, battendo le mani e chiudendo gli occhi, come se cercasse di vedere quel tappeto bianco ai suoi piedi sottili, dalle dita lunghe e decorate da disegni neri di stelle e spirali.

«Ma la neve è fredda, non si può camminare a piedi nudi» ammoniva il principe.

«È fredda? Come l'acqua della sorgente?» chiedeva la principessa.

«Molto di più. Ma è comunque stupenda. È come spuma del mare, e illumina il mio paese dove il sole arriva più debole.»

La principessa sorrideva e sospirava: come le sarebbe piaciuto vedere e toccare, questa famosa neve! E come avrebbe voluto vedere un posto illuminato dalla terra, anziché dal cielo! E poi illuminato di bianco, e con l'aria fredda, lei che il freddo non lo aveva mai sentito, se non quando immergeva la mano nell'acqua di sorgente. Ah, come desiderava andare a visitare il regno di suo marito!

Però, non era ancora tempo. Perché la principessa aspettava un figlio e il principe non voleva che affrontasse un viaggio lungo e faticoso.

«Andremo con calma» la convinse il principe. «Nel mio paese arriverò con la mia nuova famiglia!»

Queste parole piacquero alla principessa, che accettò di attendere la nascita del loro erede.

Finalmente, venne al mondo una bellissima bambina. Era liscia e tonda, aveva un viso pieno come la luna dove brillavano due occhi neri come quelli della madre. Felice e fiera della sua bambina, la principessa non ebbe alcun indugio: ogni notte in quei mesi d'attesa aveva sognato la pioggia magica che cadeva nel paese del suo sposo, ogni notte aveva visto l'immenso tappeto candido, morbido, granuloso come zucchero. Era freddo come pietra, come alito sotterraneo, eppure lei non temeva di camminare con le nude dita sulla coltre gelida, lasciando impronte di spirali e stelle nere sul bianco, come disegni sulla carta.

Così, decise di chiamare la bambina Snow White, Biancaneve.

2

Il principe, un giorno, pensò che fosse giunta l'ora di tornare nel suo regno. Anche perché erano arrivate notizie preoccupanti. In sua assenza, infatti, il re suo padre era mancato e il trono era stato occupato da una cugina, che lo reclamava come unica erede diretta, in sostituzione del principe, ormai dato per disperso all'estero.

Ora, il principe sarebbe stato ben contento di lasciare che la cugina regnasse al suo posto, se fosse stata una persona adatta, ma a quel che ricordava, era una ragazza vanesia e crudele, viziata, antipatica, che amava circondarsi di persone che la accontentassero in tutto e per tutto. Una vera strega.

Come poteva essere una buona regina per il suo popolo, abituato a reali giusti e gentili com'erano stati i genitori del principe?

E poi, che modi!, pensava il principe. Si vedeva subito di che pasta era la fatua regina: aveva preso il regno senza neppure chiedere il permesso, come faceva da piccola con i giocattoli, con tutto quel che le piaceva.

«È mio!» strillava. O ancor peggio: «Io sono la padrona!»

Era meglio ricordarle che un regno non è una stanza dei

giochi o un negozio di scarpe, pensò il principe, e si preparò a partire con sua moglie e sua figlia.

La principessa, come si può immaginare, non stava nella pelle. Passò giorni e giorni a scegliere gli abiti nel suo guardaroba, per sé e la piccola Snow White.

«Se fa così freddo, ci vorrà il mantello» diceva. E chiedeva allo sposo: «Cosa dovrò indossare? Basteranno gli stivali di pelle di cammello? E la piccola? Non si ammalerà?» Ora che era giunto il momento di partire, la principessa era colta da mille dubbi: il viaggio sarebbe stato sicuro? Il freddo non avrebbe fatto male alla bambina? E il percorso non sarebbe stato faticoso, troppo lungo?

Ma poi pensava alla neve che avrebbe visto con i suoi occhi, finalmente! Alla neve dove avrebbe camminato con la sua bambina, lei che portava un nome per onorare un dono del cielo mai visto e tanto sognato.

Alla fine, i due principi furono pronti per partire. Avevano un bagaglio leggero, perché erano sicuri che, appena giunti nel nuovo paese, sarebbero stati riforniti di tutto. Almeno così disse il principe pieno d'entusiasmo, mentre salivano sulla nave che li avrebbe portati dall'altra parte del mare.

3

Nel frattempo, nel regno del principe, la cugina comandava quale vera e indiscussa regina. Aveva fatto cacciare tutti i vecchi consiglieri dello zio, il re da poco mancato, con la scusa del rinnovamento; e al posto di quei ministri, aveva nominato tutte persone che la ammiravano e la lusingavano e che, anziché consigliarla per il meglio, la accontentavano in tutto e per tutto.

Bisogna sapere che la nuova regina era sì crudele e viziata, ma all'apparenza era molto bella e raffinata. Era una principessa reale, figlia di un fratello del re, ed era stata educata per essere la prima in tutto, la più bella e la più elegante, la più ammirata, la più sofisticata, la più brava. L'idea dei suoi genitori, difatti, era che prima o poi sposasse il cugino erede al trono e formassero una coppia perfetta di sovrani che tutto il mondo avrebbe ammirato, anzi, meglio ancora: invidiato. Perché, si sa, l'ammirazione possono suscitarla tutti, anche dei ballerini. Ma l'invidia, invece, è appannaggio dei più ricchi e più forti, che hanno quel che nessun altro ha: il potere sugli altri!

Certo, che il principe fosse partito dal suo paese non era

andato giù ai genitori dell'aspirante regina: quel viaggio lo vedevano come una fuga. Ma come, dicevano, abbandonare così il proprio padre, già vedovo, e la casa, e il regno? Ah, che vergogna, non era da gente nobile. Anzi, era azione ignobile, da vigliacchi! Qual era l'obiettivo, poi? Conoscere il mondo? Un re il mondo lo conosce già, ha consiglieri e ambasciatori, informatori, spie in tutti i paesi. Un re non deve mettersi a vagabondare come un matto, ma comandare! Così pensavano e dicevano gli zii e la cugina del principe. E non soltanto lo dicevano tra di loro, ma parlavano con ministri e generali, con funzionari e cortigiani, e moltissimi annuivano, d'accordo con loro. Soltanto il re difendeva il figlio viaggiatore considerando la sua curiosità con simpatia e benevolenza.

«Sarà un re migliore di me» affermava. «Con una visione più ampia, più profonda.»

Quando poi era giunta la notizia di questo stravagante matrimonio con una principessa straniera, quel trio di maldicenti aveva iniziato a tramare, diffondendo false notizie del tradimento del principe, che voleva consegnare il suo paese a una potenza straniera. Chi era poi questa "principessa"? Era davvero nobile? Non risultava nell'albo dei casati reali! Insomma, le voci si diffusero, tutti cominciarono a dubitare della fedeltà al trono del principe, il popolo si convinse fosse indegno del ruolo di re e quando infine il vecchio sovrano morì e la cugina si proclamò regina, il popolo la festeggiò come salvatrice della patria. Lei sì che era una vera, degna regina. Bastava vedere come le cadeva bene il manto regale e come indossava da Dio la corona.

D'altronde la regina fece questo bellissimo discorso al suo popolo subito dopo la proclamazione: «Miei sudditi, prometto che sarò una sovrana giusta e generosa, la regina di tutti. Voi sapete quanto ci tengo al mio paese, mi sono preparata per mettere al servizio del regno tutta la mia indiscussa bravura».

E qui i suoi cortigiani scattarono in piedi in un applauso, che trascinò tutti gli altri.

La regina, compiaciutissima, proseguì: «Il mio regno si apre all'insegna del rinnovamento! Tutti i miei ministri saranno giovani, per dare idee nuove al paese, e anche i consiglieri, i capi dell'esercito, tutti saranno cambiati, perché il vecchio re, il mio caro zio, era davvero tanto buono, ma così buono che molti se ne sono approfittati! Primo tra tutti suo figlio, il mio nobile cugino, che ha abbandonato la sua patria e che ancora non si è visto!»

Il popolo le tributò allora un'ovazione.

La regina la accolse con il suo più amabile sorriso. «D'ora in poi vigilerò io su di voi, sarò la sorella di tutti, la vostra Grande Sorella!»

Il popolo la acclamò in un tripudio, ma qualche dignitario sentì un brivido correre lungo la schiena.

4

Così stavano le cose, quando il principe con la sua famiglia affrontò un lungo e pericoloso viaggio in mare.

Benché alla partenza le acque fossero calme e il cielo limpido, durante la navigazione si scatenò una tremenda burrasca. Il mare si sollevò come la schiena di un gatto infuriato, e graffiò e squarciò le vele, sputò nella plancia, fece roteare la nave come fosse una pallina tra le sue grinfie, finché, a quanto pareva, si annoiò di quel gioco e si ritirò, lasciando che il veliero mezzo derelitto approdasse a terra.

La povera principessa, che aveva già sofferto l'assalto del mare, non volle fermarsi e riposare, troppo era il desiderio di arrivare nel regno del marito. Era convinta che avrebbe potuto rimettersi in forze appena arrivata, bastava resistere un poco. Così affrontò il viaggio in carrozza, benché già febbricitante. Anche il principe non vedeva l'ora di arrivare. Fermarsi in un paese straniero, con una bambina piccola, senza sapere quali cure avrebbero portato a sua moglie, non lo convinceva. E visto che la principessa se la sentiva e anzi insisteva per andare avanti, ordinò una carrozza, e proseguì il viaggio per il nord.

Più avanzavano verso la destinazione e più le forze mancavano alla principessa. Ahi, se erano fredde quelle terre! Il vento sembrava mordere la faccia, soffiando attraverso le fessure dei finestrini. Il mantello di spessa lana in cui era avvolta sembrava fatto di velo, tanto il gelo penetrava fin dentro le ossa. Ma la principessa cercava di non lamentarsi, di resistere, vedendo la piccola al suo fianco che dormiva beata o agitava le braccine al cielo, con gli occhi sfavillanti e le guance imporporate. Sua figlia sembrava sentire che il paese dei suoi avi era vicino, ed era contentissima. Così, rallegrata dalla bambina, non volendo pesare né su di lei né sul principe, che sedeva silenzioso, accigliato, preoccupato al suo fianco, la principessa non volle fermarsi.

La famigliola viaggiò per tre giorni, fermandosi giusto per dormire la notte in piccoli alberghi riscaldati a malapena da grandi focolari che fiammeggiavano nelle sale da pranzo, ma lasciavano gelide le stanze da letto. Il principe ne approfittò per procurarsi una coperta di piuma d'oca dove avvolgere la moglie e la figlia durante il tragitto in carrozza. Ma anche così, la principessa si sentiva scossa dai brividi e si domandava come potesse la terra dispensare tanto freddo da una parte e tanto caldo dall'altra, quasi vi fosse una barriera che impedisse ai due elementi di mescolarsi e mitigare il troppo con una via di mezzo confortante.

Il terzo giorno, la principessa, che si era appisolata in carrozza, aprì gli occhi e quasi restò accecata dalla luce che proveniva da fuori. Era una luce diversa da quella diretta, calda e forte, dei raggi del sole. Era una luminosità diffusa, intensa, candida. Proprio come le aveva raccontato il marito, sembrava emanare dalla terra che era tutta bianca, come un mare di latte.

«La neve!» esclamò la principessa. Lanciò uno sguardo alla sua bambina, che rideva beata in braccio al papà, e disse: «Sei arrivata a casa, Snow White!» Poi si riaddormentò, e sognò di sprofondare come un carbone bruciante in quella gelida morbidezza. Da quel sonno, la principessa non si ridestò mai più.

5

Il principe era talmente disperato per la scomparsa dell'amata moglie che non aveva neppure la forza di tornare indietro.

Affranto, senza quasi la forza di pensare, passò alcuni mesi nel piccolo paese dove aveva fatto seppellire la principessa, e forse non si sarebbe più allontanato da lì se non fosse stato per la sua bambina, che doveva vivere degnamente da principessa, nel palazzo di sua proprietà.

Il pensiero di sua figlia, che ricordava tanto l'amata moglie nei lineamenti perfetti, spinse il principe a proseguire il viaggio per la capitale del regno e a reclamare il suo trono.

Un fido consigliere, inviato a palazzo sotto mentite spoglie per riferire sulla reale situazione, lo mise in guardia contro il pericolo che poteva rischiare. «La regina è molto popolare» riferì «e soprattutto molto potente. Nessuno sembra ricordarsi di voi, se non in termini molto negativi.»

Il principe si accigliò. «La regina non sa che sono in procinto di riprendere il mio posto?»

«Mio signore, per quello dovrete procurarvi uomini e armi e combattere» rispose il consigliere.

«Combattere?» replicò il principe, sconcertato. «A casa mia? Ah, no! Non lo farò mai.»

Sicuro che la sua buona fede avrebbe di certo convinto tutti, il principe giudicò esagerato il consiglio del suo pur fedelissimo amico. Suvvia, nessuno avrebbe mai messo in dubbio che fosse lui il legittimo erede! La soluzione armata gli sembrava impraticabile: il principe non era uomo d'arme, era un pacifico viaggiatore, e anche se sua cugina era una donna capricciosa, non poteva proprio immaginare di dichiararle addirittura guerra per convincerla a lasciare il trono.

«Le cose si aggiusteranno appena sarò a palazzo» ribadì, animato da uno spirito di conciliazione che era certo di contagiare alla cugina. *Tra principi reali c'intenderemo*, si augurava.

Purtroppo, non andò affatto come sperava.

Appena la carrozza varcò il confine del suo paese, i gendarmi che avrebbero dovuto mettersi sull'attenti e scortarlo fino al palazzo reale, lo arrestarono, sequestrarono i pochi beni che aveva con sé e lo condussero sì fino al palazzo, ma in catene.

Senza neppure un processo, né una difesa, senza nessuno che si schierasse dalla sua parte, il principe fu condotto nelle prigioni reali. A nulla valsero le sue proteste, né la richiesta di essere almeno sottoposto a un processo. L'avvocato che venne a visitarlo lo ammonì anzi di ringraziare che gli fosse stata risparmiata la vita per la generosità della regina, altrimenti sarebbe già stato condannato per alto tradimento.

«Quale tradimento?» chiese il principe, sconvolto.

«Della vostra patria, che avete abbandonato per vivere in un oscuro paese straniero.»

«Non ho abbandonato niente! Mi sono solo trasferito per qualche anno.»

«Fatto discutibile» replicò l'avvocato, imperturbabile. «Avete messo su famiglia e volevate imporre come regina una forestiera, legando il vostro regno a una potenza straniera.»

Il principe si prese la testa tra le mani, disperato. Si accorse quanto le sue proteste fossero inutili, di fronte a simili accuse. E poi, toccare quel tasto doloroso della moglie, che considerava scomparsa per colpa sua, per averla esposta al freddo e alla fatica, gli tolse ogni energia. Ebbe un solo pensiero: «E mia figlia?»

«Non dovete preoccuparvi. La regina, nella sua magnanimità, l'ha accolta tra le sue braccia. È pur sempre sua parente. E se voi non tenterete la fuga o un tradimento peggiore di quello già perpetrato...» e qui l'avvocato si zittì, assumendo un'espressione che voleva essere d'intesa.

«Ma cosa significa?» si disperò il povero principe, sempre più confuso.

«Via, lo sapete. Da che mondo è mondo ci sono guerre per l'eredità. Per quale motivo siete rientrato in fretta e furia, ora che vostro padre non c'è più? Non potevate tornare prima? E guarda caso dopo che la nobile regina ha assunto il grande peso del governo, con senso del sacrificio...» spiegò l'avvocato che, evidentemente, più che avvocato era giudice accusatore.

«Ma io sono grato a mia cugina! Non ho avuto neppure

il modo di parlarle e di accordarci...» ribatté il principe, ma non finì la frase, perché l'altro lo interruppe, tagliando l'aria con la mano con un gesto che sembrava spazzare via una tavola dalle briciole.

«Non siete voi a dettare condizioni o accordi. Le decisioni spettano a sua maestà. Dovete avere fiducia nel suo senso della giustizia. E se non darete fiato alla fazione dei vostri sostenitori, se vi adatterete ad avere perso, vostra figlia potrà vivere sana e salva, e con il trattamento riservato al suo rango di principessa reale.»

Quest'ultimo argomento, che si poteva ben definire ricatto, chiuse la bocca al povero principe che, pieno di rimorsi per la bella moglie, si rassegnò a rimanere sepolto nelle carceri, purché la sua bambina fosse ben accolta e protetta.

Quanto alla piccola, mentre il padre era trascinato via in catene, fu portata subito davanti alla regina che non stava più nella pelle dalla curiosità di vedere questa bis-cugina. Le avevano detto che si chiamava Snow White, Biancaneve.

«Bianca come la neve... Magari mi assomiglia un po'» si era detta. «Una bella bambolina dai ricci d'oro com'ero io. Sarebbe molto carino farsi ritrarre con lei in braccio, farei una figura magnifica...» meditava tutta contenta, mentre aspettava che le sue dame le mostrassero il fagotto sottratto dalle mani del principe.

Il fagotto strillava, agitandosi, e la dama che lo teneva a fatica in braccio si avvicinò a occhi bassi, con un'espressione timorosa. «Scusi, maestà...» mormorò, inchinandosi.

«Ah, che orrore. Che strilli! Non si può far smettere?» alzò la voce la regina. Sentiva già un principio di mal di testa e la cosa la stava mettendo di cattivissimo umore.

«Abbiamo provato in tutti i modi» fece la dama.

«Va bene, va bene. Fatemela vedere, poi decidiamo.»

La dama scambiò un'occhiata preoccupata con il dignitario impettito accanto alla regina. L'uomo intervenne: «Siete proprio sicura, maestà?»

«Perché? Cos'ha che non va, oltre che strillare? Non sarà per caso... brutta?» chiese la regina, con una smorfia di disapprovazione. Allungò una mano per scoprire la tela ricamata che copriva la testa della bambina e, come per miracolo, quella smise di piangere.

«Visto? Ha sentito il tocco della mia maestà» disse lei, compiaciuta. «Bene, è un buon segno, andremo d'acco...» la parola le morì sulle labbra, e divenne un grido di sorpresa. «E QUESTA SAREBBE SNOW WHITE?» strillò, ritirando la mano come se si fosse scottata. Voltò gli occhi furiosi sul dignitario, che rispose, con volto impietrito: «Sì, maestà».

«Ho capito bene? Bianca... Neve?»

Il dignitario si raschiò la gola. «Esattamente, maestà.»

«Ma è... nera!»

«A quanto pare, maestà.»

«Nera come la pece!»

E a quel punto, la piccolina scoppiò di nuovo a piangere.

6

La regina misurava la sua stanza a lunghi passi, avanti e indietro come una belva in gabbia. Che onta! Che disastro!

Non fosse bastato il matrimonio con una straniera, che almeno aveva avuto il buon gusto di levarsi dai piedi senza mostrarsi al popolo, suo cugino aveva messo al mondo una figlia impresentabile.

Farla sparire? Purtroppo le serviva viva, non fosse mai che quell'egoista del cugino, anche in ceppi, fomentasse una rivolta contro di lei. Di gente che si sarebbe messa con lui, giusto per farle un dispetto, ce ne sarebbe stata di sicuro. D'altra parte non a tutti andava giù che fosse lei, una donna molto bella ed elegante, a comandare. Sono le controindicazioni di quella sana invidia sociale che per il resto la rendeva un fulgido modello e la circondava di persone adoranti.

Così rimuginava la regina, nel suo atelier dove si ritirava per riflettere e decidere le sorti del regno. Era un ambiente grande, luminoso, con uno splendido soffitto di legno dorato, lampadari di cristallo e tutte le pareti ricoperte di specchi come una sala da ballo. Il pavimento era coperto da un enorme tappeto rosa, simile a un prato cosparso di primule, i fiori preferiti dalla sovrana. E fiori, rosa e bianchi, erano collocati su tutte le mensole e i tavolinetti del salone.

Dietro una delle pareti specchiate, c'era un guardaroba sterminato, con abiti che arrivavano fino al soffitto e migliaia di scarpe. La regina affrontava le crisi provando più e più volte le combinazioni di abiti e accessori, che si accordassero al suo stato d'animo, le placassero l'ansia e la ispirassero. Due dame stavano impettite davanti alla porta del guardaroba, in attesa degli ordini, mentre la regina, camminando avanti e indietro per la sala, si considerava negli specchi.

Bisognava dire che le donava anche quel po' di collera disegnata sul suo volto. Le dava un'aria intelligente e pensosa che avrebbe dovuto usare durante i colloqui con gli ambasciatori stranieri. Invece quell'abito appena indossato lo trovava proprio stonato.

«Gemma. Come mi sta questa combinazione?»

La dama sgranò gli occhi, incerta sulla risposta. Il tono della regina era denso di collera: significava che non era convinta. «Se posso essere sincera, maestà... A voi dona ogni colore dell'arcobaleno...»

«Non perderti in chiacchiere!»

«...ma forse questo punto di giallo... non si accorda ai vostri capelli magnifici, maestà...»

«Bene, risposta esatta» dichiarò la regina, per il sollievo della dama, ma subito aggiunse: «Ti ricordo però che me lo hai consigliato tu. Volevi imbruttirmi? Sminuirmi?»

«No, maestà!»

«Allora...» e qui la regina assunse un'espressione dolente che rese la sua bella faccia dolcissima «...non mi vuoi bene?»

La dama cadde in ginocchio. «Io vi adoro, maestà! Ma avete ragione, ho scelto con superficialità.»

«Gemma, ti prego, vattene» le ordinò con tono addolorato la regina. «Per oggi sei eliminata. Fai entrare Perla al posto tuo, su vai!»

La dama si sollevò e si mise a singhiozzare. A testa bassa uscì dalla stanza, mentre la regina ordinava all'altra dama, pallida di terrore, di toglierle quell'abito e buttarlo via.

Indicò un vestito color prugna dalla cabina e si apprestò a indossarlo, pensando che d'ora in poi avrebbe preferito colori notturni, per mettere in evidenza il candore della pelle... Lei sì che avrebbe dovuto chiamarsi Biancaneve, non quel minuscolo imbroglio, oltretutto spacca timpani. Ecco, arrivava da clandestina e non se ne stava al suo posto, zitta e cheta, anzi! Strilli che facevano tremare i muri! Come se volesse attirare ancor di più l'attenzione, neanche ce ne fosse stato bisogno.

Ecco, l'abito le frusciava addosso, spandendo bagliori rossastri sotto le luci dei lampadari. La nuova dama, Perla, l'aiutò a calzare le scarpe di velluto blu e i gioielli d'ametista e oro che s'adattavano al vestito. Poi le consigliò di acconciare i capelli sulla sommità del capo, lasciando che sul collo ricadessero morbide ciocche dorate. A proposito di collo libero, come avrebbe volentieri tagliato la testa al cugino. Anzi, lo avrebbe strangolato con le sue mani, non fosse stato poco fine per una tanto al di sopra degli altri qual era lei.

Lo specchio le rimandò la sua immagine accigliata. Che brutta espressione, non le si addiceva. E poi le faceva venire le rughe. La regina spianò la fronte, si dipinse sul viso un'espressione distesa, appena sorridente.

«Come vi sembro?» chiese alle dame.

«Magnifica, perfetta» dissero quasi in coro le due, e sembrava fosse lo specchio a parlare: «La più bella del reame».

«E il sentimento che emano?» domandò la regina, osservandosi di tre quarti.

«Serena, giusta, generosa» sembrò dire lo specchio.

«Piena di grazia» aggiunse lei, inchinando la testolina bionda. «La regina misericordiosa che mostra compassione della povera cuginetta, la figlia del traditore.»

Aprì le braccia: che immagine potente suggerì lo specchio! Così uscì dalla sua stanza, sentendosi il perfetto ritratto della pietà. E così l'applaudirono i suo cortigiani. «Così bella, così buona. Così pietosa.»

Da quel giorno in tutti i ritratti ufficiali fu aggiunta la dicitura: regina di pietà.

7

Non si poteva dire che la regina non ci tenesse al suo popolo, anzi. Il suo spiccato senso estetico si rivolse subito alla sua gente e in tutto il regno furono installati grandi Specchi. Specchi che ricoprivano interi pareti nelle case, Specchi sui soffitti, Specchi nei bar, nelle osterie, nelle carrozze, persino nelle stalle. Specchi dove era impossibile non fissare lo sguardo e rimirarsi, mentre si camminava, si mangiava, si parlava, si rideva o si piangeva. E dove ognuno giudicava il proprio aspetto, sentendosi come davanti a un pubblico che lo osservava e lo criticava.

Così, in breve, il comportamento delle persone cambiò.

Fino allora, le donne non si erano poste granché la domanda su chi fosse più o meno bella. Studiavano, lavoravano, si sposavano, si davano una mano l'una con l'altra, si consigliavano le ricette, si scambiavano i vestiti che confezionavano da sole oppure ordinavano da sarte che glieli misuravano addosso. Non esistevano taglie né modelli, ognuna aveva la sua forma e non si preoccupava di modificarla. Ma lo Specchio, che rimandava la loro immagine, insinuava, malizioso:

Specchio specchio delle mie brame,
chi è la più bella del reame?
Ma lo sai che potresti essere tu,
se dimagrissi un po' di più?
Se indossassi una taglia quaranta,
e ti truccassi con Miss Incanta,
potresti essere una Diva, una Top,
o addirittura una star del Pop.
Entra anche tu in competizione,
fuori il carattere, la tua ambizione,
cerca di conquistare un piedistallo,
anche tu regina di canto o ballo!

L'immagine di un mondo luccicante, dove anche loro, semplici ragazze, potevano entrare ed essere simili alla loro scintillante e bellissima regina, conquistò il cuore di ognuna. Presto smisero di cucirsi quegli abiti dozzinali, cercarono di piegare i loro corpi al modello etereo e raffinato di sua maestà, spesso con fatica e dolore, tingendo le chiome, soffrendo la fame, stringendo i busti nei corsetti fino quasi a soffocare, e qualcuna persino arrivò a mutilarsi, per avere piedini di fata e nasetti all'insù. Per essere belle della bellezza imposta con tanta generosità dalla regina che aveva pietà dei poveri e dei brutti, tanto da volerli aiutare. Nel suo regno chiunque, con un pizzico di buona volontà e di ambizione, poteva elevarsi, diventare bello e ammirato, e forse anche ricco.

Così, non soltanto le donne caddero nel delirio della perfezione. Agli uomini che li fissavano ipnotizzati gli Specchi recitavano:

Specchio specchio delle mie brame,
chi è il più macho del reame?
Vuoi migliorare la tua avvenenza?
Vuoi sbaragliare la concorrenza?
Entra anche tu in competizione,
mettiti al centro dell'attenzione!
Sarà completa la tua letizia
della regina avrai l'amicizia
Smetti di essere povero e fesso,
prova la strada per il successo,
mettiti in lizza nel concorsone
potrai vincere fino a un milione.

Presto, la gente si trasformò. Nessuno più si guardava intorno o si interessava agli altri, ma stava attento a quanto era guardato. Ognuno pensava a se stesso, compativa se stesso eppure raramente era soddisfatto di sé, perché gli Specchi spingevano a non essere mai pienamente contenti, ma a desiderare di più e ad apparire di più.

Quando le persone si incontravano per strada, non si chiedevano più "Come stai?", ma: "Come sto?"

«E io, come sto io?»

Ciascuno si riteneva il migliore, ovviamente a scapito degli altri, che erano sempre più stupidi, più brutti, malvestiti e di poco gusto. Così, dal momento che ciascuno aveva bisogno degli altri come metro di giudizio e come spettatore, la gente viveva in una pace fatta di rancore, solitudine e maldicenza. La regina, però, poté a ragione esibire il suo regno come modello di tranquillità sociale. Anzi, fece aggiungere nei suoi ritratti, insieme alla pietà: regina della pace.

8

Passarono gli anni. Snow White diventò una bambina e poi una ragazza. Aveva un viso dall'ovale perfetto con labbra piene e morbide, grandi occhi color nocciola, dalle ciglia simili ad ali di farfalla. Aveva folti capelli inanellati, dai riflessi dorati, che cadevano giù oltre le spalle, a coprirle come un morbido mantello tutta la schiena. Aveva mani dalle dita affusolate, e piedi magri che, quando era sola nella sua stanza, preferiva lasciare liberi e nudi. Perché non c'era scarpa che si adattasse alle sue estremità lunghe e ossute.

Eh, sì: le scarpette erano una vera disperazione. Erano sempre troppo strette, con punte aguzze, aperte sul tallone, in modo tale che Snow White doveva camminare con estrema cautela, per evitare che le scivolassero via e finisse a faccia in giù. Scarpe così doveva averle pensate uno che non aveva piedi, ma zampette di gatto! Oltretutto, Snow White aveva il dito indice più lungo dell'alluce, una caratteristica non prevista dalle micidiali pantofoline che la costringevano a strisciare i piedi come una mendicante, per non perdere le scarpe.

Non parliamo poi dei capelli! Ogni giorno, Snow White doveva sottoporsi a un estenuante lavoro di parrucchiere per domare la chioma spumosa in acconciature elaboratissime, delle specie di torri intrecciate che le stringevano la testa e la pungevano con decine di forcine.

Poi, bisognava truccare la faccia con ciprie bianche, le labbra con rossetti rosei, le guance con pennellate color carminio, per trasformare la sua faccia in quella di una bambola di porcellana.

Quindi, Snow White doveva lasciarsi imbottire il corpo in vari punti, per apparire più rotonda, meno spigolosa. Per finire, solerti cameriere le infilavano camicette pungenti di pizzi, calze che stringevano i polpacci, e abiti che, una volta indossati, bisognava fare attenzione a sollevare, piegare, toccare, per non sciuparli. Insomma, era l'abito a comandare sul suo corpo come uno spietato tiranno!

Con quelle acconciature dolorose, gli abiti tiranni, le scarpe che rischiavano di scapparle dai piedi, Snow White appariva sempre triste, impacciata, goffa.

La regina, che al contrario adorava i pizzi e le trine, e che grazie a un duro e persistente allenamento sapeva camminare sopra pantofoline dai tacchi altissimi, che in quattro e quattr'otto era pettinata e sapeva indossare gli abiti con un portamento appunto regale, la regina che al confronto con la cugina, alta come un palo, era piccola e proporzionata, e che soprattutto aveva una pelle d'alabastro rispetto a quella legnosa della ragazza, arricciava la boccuccia rossa, scuoteva la testa e in presenza della povera Snow White, commentava con i suoi cortigiani: «Vedete? Io ce la metto tutta, ma non c'è niente da fare. Non impara. Non migliora».

«Se posso dire la mia, maestà…» interveniva uno dei suoi adoranti dignitari.

«Dite.»

«Siete troppo buona, maestà. Dovreste chiuderla in un collegio e farla addestrare a puntino.»

La regina chiudeva gli occhi, beata. «Lo so, caro. Ma è la mia natura, è più forte di me. Non potrei mai separarmi dalla mia cuginetta, povera stella. Orfana, con un padre disgraziato…» E qui, con la lacrimuccia sul ciglio, la regina afferrava Snow White e la stringeva a sé. «Per fortuna ci sono io che bado a lei, povera creatura. Non è colpa sua se non impara, questa gente è fatta così.»

I cortigiani annuivano, con espressione grave, benché nessuno di loro, regina compresa, avesse mai visto il paese d'origine di Snow White e tantomeno la gente che lo popolava.

«Non è colpa sua se è nera» insisteva la regina.

Ma qualche cortigiano, qui dissentiva: se uno era nero, un motivo doveva esserci.

«Per il momento, però, non si sa perché» replicava la regina con il suo tono più soave. «Quindi, bisogna avere compassione. Quanto a voi, imparate da me a essere tolleranti.»

Le dame allora si commuovevano ed esclamavano: «Che brava! Che dolce!»

«Un modello per tutti» dicevano i cortigiani in coro perché

nessuno di loro si sarebbe mai preso la briga di occuparsi di una simile ingrata che in sedici anni non era stata buona neppure a camminare sui tacchi come si deve.

Snow White avrebbe fatto volentieri a meno di stare accanto alla cugina regina e a metterla così in imbarazzo, ma quella pretendeva che le fosse sempre al fianco, come i suoi cagnolini che le scodinzolavano festosi ai piedi. Se non che, lei non scodinzolava né sorrideva, non appariva felice del suo stato di principessa reale, né riusciva a godere di tutti i privilegi che le spettavano. Si sentiva a disagio nelle cene reali dove si rimaneva seduti per delle ore a chiacchierare, quando lei non spiccicava una parola. Le mettevano ansia le danze che ci tenevano a palazzo perché non se la sentiva di ballare con le famose scarpe trappola ai piedi. In un paio di occasioni le era infatti successo di perderle e di mettersi a cercarle affannosamente nel salone, per lo sconcerto di tutti gli invitati. D'altra parte, era la stessa regina a imporle di rimanere seduta, tranquilla, di non fare capricci, di non aprire bocca.

«Vedi, cara» le diceva in tono amabile. «Non sei ancora pronta. Non ti devi preoccupare, ho fatto chiamare degli esperti che si prenderanno cura di te. Faremo qualcosa per questi capelli, li renderemo lisci come la seta, proviamo un trucco che schiarisca la pelle, vediamo di farti imparare a camminare sui tacchi, ti libereremo da quel dito orribile che ti rovina i piedi...»

Poi un giorno, la regina le annunciò, tutta pimpante:

«Cuginetta adorata, ho un'ottima notizia per te! Prova a indovinare?»

Snow White la fissò con apprensione, mentre la regina proseguiva, euforica: «È l'ultima moda che arriva dalla Francia. Essere bianchissimi non va più. Bisogna essere abbronzati. Non sai cosa vuol dire?»

Snow White scosse la testa, preoccupata. La regina sorrise, benevola: «Come puoi saperlo, poverina? Non hai ancora imparato bene a parlare, sei un po' zuccona, eh?» Le prese il mento in una mano e le scosse la faccia, in un gesto che voleva essere affettuoso. «D'altra parte non è colpa tua. Mi dicono che quelli della tua gente sono un po' tardi, sono fatti così. Ci vuole pazienza.»

Mollò la presa e Snow White abbassò gli occhi, umiliata. La regina riprese a parlare, allegra: «Ti sei offesa? No, vero, tesoruccio. Sei così buona. Da' un bacio alla tua cugina che ti vuole bene e pensa sempre a te!»

Mantenendo lo sguardo basso, Snow White le stampò un leggero bacio sulla guancia imbellettata. La regina commentò con la sua dama di compagnia: «Visto com'è ubbidiente? Com'è affettuosa?»

E l'altra, con un sorriso mellifluo: «Questa gente è così. Dura di comprendonio, ma buona».

La regina sventagliò le dita in alto per farla tacere. «Cosa stavo dicendo? Ah, sì, la notizia è questa. La pelle troppo bianca non va più. Bisogna farla colorire un po' con il sole.

Ci pensi, Snow?» Di nuovo le prese il mento con una mano per sollevarle la faccia e le parlò con voce leziosa, come a una bambina molto piccola: «Ci pensi? Il tuo musetto sarà alla moda! Basterà stingerlo un poco. Sarai così carina! Una bambolina sempre abbronzata!»

Snow White non rispose, ma si strinse le dita al petto e sospirò di gioia. Gli occhi le si riempirono di lacrime di gioia e gratitudine. Anche lei sarebbe stata la più bella del reame!

9

L'idea di una bambolina perfetta cominciò a piacere molto alla regina, che decise di spedire Snow White da un celebre mago dell'estetica.

Benché operasse nella massima segretezza, ormai l'uomo era una celebrità. Sembrava che sapesse allungare le gambe a chi le aveva corte, raddrizzarle a chi le aveva storte, tagliare i nasi a chi li aveva troppo lunghi, scolpire le orecchie a chi le aveva a sventola. In gran segreto, molte dame, e anche molti gentiluomini, si recavano nel suo laboratorio, che si chiamava Albergo della Bella Gente ed era nascosto dentro una montagna, proprio per rimanere lontano da occhi indiscreti. Qui riparavano nobildonne che dicevano a parenti e amici di andare alle terme o a riposarsi in campagna, per tornare dopo qualche tempo visibilmente più giovani, con chiome fluenti, facce lisce. E qui correvano cavalieri che fingevano viaggi d'affari o campagne di caccia, per rientrare poi sfoggiando capelli lunghi dalle tinte robuste, fronti lisce, e addirittura pance più piatte.

A dire la verità, ormai in tanti avevano mangiato la foglia: chi credeva più al periodo di cura alle terme, o alla dieta di cibi sani e alle buone dormite? Il nome del mago era sulla bocca di tutti, e tutti aspiravano ad andare nel celebre Albergo della Bella Gente, perché tutti potevano, anzi dovevano migliorare, in ottemperanza a quello che ogni giorno lo Specchio ricordava:

Specchio specchio delle mie brame,
chi è la più bella gente del reame?
Ma siete voi ammiratori!
Siete voi consumatori!
Ricordatevi che l'ambizione
è la più sana gratificazione.
Essere belli è un risultato,
da raggiungere a prezzo adeguato.
Non ci son limiti per la presunzione,
Tutti ambiscano alla perfezione.
Su, ripeta sia Caio che Tizio:
io mi merito questo sfizio!

Così, era giunto il momento per la regina di realizzare la sua più grande ambizione: trasformare la povera, nera, goffa orfanella, in un'impareggiabile ragazza di nuova tendenza. Un esperimento sofisticato: capelli neri come la notte, pelle come latte, ma macchiato. Labbra morbide e piene da lanciare come nuovo modello rispetto alle labbra sottilissime delle vecchie dame, ma il resto dei lineamenti regolati a dovere:

naso piccolo e dritto, occhi arrotondati. Quanto al primo dito dei piedi, niente da fare: andava tagliato.

Il mago dell'estetica aveva applaudito a quel magnifico progetto. I nuovi dettami della moda regale avrebbero incrementato i suoi affari: tutte le signore avrebbero richiesto labbra grandi e nasi piccoli, e un po' più di colore sulle facce esangui.

«Maestà, siete un genio!» si era inchinato il mago, entusiasta.

«Caro mago, lo so» aveva replicato la regina. «Ricordatevi che dopo il successo di Snow White, perché sarà un successo sicuro, faremo a metà dei vostri guadagni. Ho io il copyright.»

«Senza dubbio, maestà» aveva annuito, un po' meno entusiasta, il mago, allungando la mano per suggellare il patto.

Ma la regina non si era mossa, e aveva ribattuto: «Scusate, mago. Ma la stretta di mano consueta non mi basta. I tempi cambiano in fretta, non si sa mai. Avrei preparato un contrattino, vi spiace?»

Dalla lunga manica dell'abito elegantissimo aveva estratto un foglio arrotolato. Il mago era rimasto di sasso, ma non gli era rimasto che assentire: «Ci mancherebbe, maestà. Lo leggo con calma e poi lo firmo...»

«No, caro amico» lo aveva bloccato la regina. «Prima lo firmate e poi lo leggete con calma, se vi è cara la testa. Sono sempre tempi bui, questi, e la protezione della regina è, diciamo, un fattore indispensabile.»

Così, il mago si era affrettato a firmare il contratto che prevedeva il riconoscimento della metà dei suoi prossimi guadagni e il lavoro gratuito, a scopo promozionale, sul prototipo Snow White.

La regina gongolava. Snow White sarebbe stato il suo capolavoro, per l'inoppugnabile, moderno, giovane e stupefacente regno dei Più Belli.

Finalmente, una mattina molto fredda d'inverno Snow White fu svegliata prima dell'alba, per apprestarsi al viaggio verso l'Albergo della Bella Gente. La regina sparse anche qualche lacrimuccia, mentre si raccomandava: «Ciao, cuginetta mia cara. Fai la brava, fidati del mago. Sarai in buone mani, e tornerai bellissima, te lo prometto».

Snow White annuì, salì in carrozza e partì verso la montagna. Ma all'Albergo della Bella Gente non arrivò mai.

10

Appena la carrozza, scortata da due paia di cavalieri, varcò i confini del regno, il cielo che finora era rimasto corrucciato e immobile come una statua di marmo, sembrò ridestarsi. La coltre grigiastra trascolorò e sembrò rivoltarsi, gonfiarsi, fino a montare in una spuma bianca. Tutto quel tramestio dovette costare un enorme sforzo al cielo, perché un fiato sibilante e fortissimo prese a soffiare e frusciare tra gli alberi, smuovendoli con rabbia. Infine, il cielo spremette le nubi che sembrarono esplodere in una pioggia fittissima di fiocchi gelidi che si schiantarono sulla carrozza, ne rallentarono la corsa e presero a turbinare intorno agli uomini della scorta, finché fu molto difficile per loro distinguere a un palmo dal proprio naso. I soldati cercarono di rimanere uniti, gridandosi ordini a vicenda, ma la tempesta ruggiva come un orso affamato e, oltre alla vista, gli uomini persero anche l'udito. I cavalli si bloccarono, cominciarono a girare su se stessi, mentre i cavalieri cercavano di tenerli sotto controllo. Fu così che si dispersero ciascuno in una direzione diversa.

La carrozza procedette tentoni per il sentiero, guidata dal povero cocchiere che non vedeva assolutamente niente.

Presto però i cavalli, spaventati, s'imbizzarrirono e cercarono di scrollarsi dal peso che trascinavano. Scartarono, tirarono, sollevarono le zampe, mentre il vento schiaffeggiava l'abitacolo e i rami degli alberi si piegavano a graffiare il tetto e le portiere. Il cocchiere fu sbalzato fuori da cassetta, mentre i lacchè erano già saltati giù ed erano corsi via. Snow White rimase sola dentro la carrozza, sballottata come una palla dentro una scatola, mentre i cavalli galoppavano alla cieca. Infine, il vento o forse una buca profonda fecero spalancare la porta e la ragazza ebbe la sensazione che un gelido braccio la afferrasse e la tirasse fuori da lì. Urlò di terrore, ma la bocca si riempì di neve e quasi la soffocò. Volò nel nulla, e poi cadde come un sacco sopra la terra già ricoperta di uno spesso strato bianco, abbastanza soffice. Sentì il gelo inghiottirla, mentre la neve le vorticava intorno.

Che strano, però. Non provò dolore, invece avvertì alle sue spalle un appoggio solido, doveva essere un albero, e vi abbandonò la schiena. Si raggomitolò nel mantello di spessa lana, avvolgendoselo fin sopra la testa. Poi chiuse gli occhi.

Non ebbe più freddo, né paura. Invece le sembrò di sentire morbide braccia che la stringevano e la cullavano, mentre il vento, che si era un poco smorzato, pareva cantarle una ninna nanna in una lingua sconosciuta ma familiare. Fiduciosa, Snow White si addormentò.

11

Forse era meglio il gelo del bosco. Perché al risveglio, Snow White ebbe l'impressione di bruciare. Un peso soffocante e caldissimo le opprimeva il corpo. La gola ardeva, aveva una sete terribile. Spalancò gli occhi e vide la stanza rosseggiare, il cuore le accelerò nel petto, si strappò quella coperta pesante di dosso e si sollevò, mentre dentro di sé pensava: *Il fuoco! Sto bruciando!*

Una donna accorse subito, l'afferrò per le braccia e le disse: «Non aver paura, sei al sicuro!»

Snow White lottò brevemente, il corpo bagnato di sudore che si raffreddava. Si rese conto che era al chiuso di una camera, che il riverbero rosso era quello di un focolare crepitante e che una donna l'abbracciava con dolcezza.

«Sei salva» le stava ripetendo con grande tenerezza.

La ragazza si abbandonò alle braccia robuste della donna. Si sentì esausta.

«Ti hanno trovato sotto una grande quercia» le stava dicendo la voce calma e bassa della donna. «Eri mezza assiderata, ma viva. La carrozza, invece, si è sfasciata contro le rocce, i cavalli sono scappati. È stata una fortuna essere sbalzata fuori.»

Snow White sentì le lacrime spuntarle negli occhi, pensando al suo incidente, al volo, e al canto misterioso che l'aveva cullata.

«Su, su, non piangere. Non ti sei fatta niente. Sei un fuscello, hai solo preso molto freddo. Ma ora ti è passata anche la febbre. Bevi questo, ti sentirai meglio.»

La ragazza appoggiò le labbra sulla tazza di legno che la donna le porgeva e bevve diligentemente. Poi raccolse le idee. Perché ubbidiva a una sconosciuta? E perché questa donna si prendeva cura di lei? Forse si trovava in un casolare, uno di quelli che aveva intravisto qualche volta, dalla finestra della carrozza, mentre accompagnava la regina in qualche giro d'ispezione del proprio regno.

Finalmente, sollevò lo sguardo sulla sua salvatrice. Restò di stucco, sgranò gli occhi e spalancò la bocca. Forse era l'effetto dell'incerta luce del fuoco, forse stava ancora sognando, ma la donna che le stava parlando, quella che l'accudiva e che probabilmente l'aveva salvata da morire di freddo, era nera. Più nera di lei.

«Che c'è? Ti faccio paura?» chiese la donna nera, e scoppiò a ridere. In contrasto, aveva denti bianchissimi come la neve.

Snow White rantolò. La gola riprese a bruciare, non riuscì a tirare fuori una parola.

L'altra allora l'aiutò a poggiare di nuovo la testa sul cuscino, e le disse: «Lo so cosa pensi. Ti stai domandando chi sia».

Snow White annuì e le sorrise.

«Ora ti spiego. Sei al sicuro, nella Terra dei Seven Black. Sì, lo so che non hai mai visto persone come me, e come te. La regina ti ha sempre tenuta dentro il palazzo reale, in mezzo ai suoi cortigiani. Magari pensavi di essere l'unica pecora nera del mondo, vero?»

Snow White annuì, poi scosse la testa. Che ci fosse gente nera al mondo lo sapeva, la regina lo ripeteva in continuazione. Però di persona non aveva mai visto nessuno. Al palazzo erano tutti rigorosamente bianchi, anche se avevano capelli neri e ricci, la pelle era sempre bianca, casomai rossiccia, ma nera mai.

«Perché sai, principessa» disse la donna, prendendo un tono più deferente «di persone colorate ce ne sono tante, nel regno. Ma stanno nascoste e lavorano dentro le miniere dove si estrae l'oro e i diamanti per la regina o sono chiuse negli scantinati a lavorare giorno e notte.»

Snow White la fissava, incredula. Non le pareva di essere dentro uno scantinato o una miniera, dunque, di cosa stava parlando questa donna?

«Un giorno, alcuni di noi sono scappati dalle miniere e si sono rifugiati in una parte del regno sufficientemente inaccessibile per le guardie della regina. Nessuno è mai riuscito a riprenderli, magari hanno pensato che fossero morti nel bosco, per il freddo e gli animali selvatici.»

Snow White puntò un dito verso la donna, e lei rise. «No, io non sono una di loro. Io sono arrivata dopo. I primi a scappare furono sette, ecco perché questa si chiama la Terra dei Seven Black.»

Snow White si raspò in gola, ma non uscì alcun suono.

«Non ti sforzare, principessa. Ti spiego io piano piano.» La donna assunse un tono placido, come se raccontasse una fiaba a una bambina per addormentarla. «Tutto accadde quindici anni fa, all'inizio del regno della regina degli Specchi. Erano sette coraggiosi che decisero di andarsene tutti insieme. Il più anziano si fece chiamare Black Bear, Orso Nero, e suo fratello Black Wolf, Lupo Nero.»

Snow White chiuse gli occhi e davanti apparvero le immagini di due uomini alti e forti, con le teste di orso e di lupo. Man mano che la donna raccontava, le apparvero altre figure: Black Fox, la moglie di Lupo Nero, con il corpo di donna e la faccia di volpe rosso scura, e poi Black Bird e Black Mouse, l'uomo con il volto d'uccello e l'uomo con le fattezze di topo, infine Black Swan, la donna-cigno nero e suo figlio Black Deer, Cervo Nero. Erano scappati dal reame degli Specchi e della sua crudele regina, che dominava i sudditi con il culto dell'apparenza e desideri imposti, li ipnotizzava con immagini di successo e ricchezza, e aveva eretto se stessa come unico modello di perfezione. Inoltre, nascondeva l'esistenza di schiavi provenienti da paesi lontani, tenuti prigionieri non tanto con sbarre e guardie, ma con ricatti e paura di morire di fame e di vedere i propri figli scomparire.

Snow White quasi non credeva alle proprie orecchie, nell'udire quel ritratto feroce della cugina che tutti intorno a lei decantavano come la più buona e generosa del mondo intero. Certo, lei aveva sempre sofferto al cospetto della meravigliosa regina, ma pensava che fosse lei, Snow White, quella sbagliata, cattiva e irriconoscente, di sicuro bruttina e invidiosa, e pure un po' stupida, dal momento che in tutti quegli anni non era mai stata reputata adatta a studiare, neppure la musica come tutte le normalissime ragazze di sangue nobile.

Invece, in quella specie di sogno che si formava ascoltando il racconto della donna, la bianca regina diventava un'anima nera, e il suo regno luminoso e scintillante di Specchi una facciata che dietro celava un luogo tetro e oscuro, dove vivevano schiavi e nessuno era felice, un luogo davvero spaventoso, nero come la notte, gelido come la morte.

I Seven Black erano scappati nel bosco, inoltrandosi nelle parti più profonde e nascoste, e all'inizio avevano vissuto nelle grotte di una montagna. Si erano organizzati, avevano costruito rifugi: del resto sapevano fare tutto, erano forti e allenati alla fatica, così in breve poterono vivere bene, in completa autonomia.

Presto si sparsero le notizie sui favolosi Seven Black, benché gli Specchi li mostrassero come pericolosi fuorilegge, nemici della bella gente, attentatori della bella vita. Forse portatori di malattie. Eppure, a discapito della propaganda degli Specchi, altre persone decisero di unirsi ai fuggiaschi, abbandonarono il regno e raggiunsero la terra dei Seven Black che, nel corso degli anni, si popolò, diventando una comunità vera e propria.

«Tutti noi prendemmo il nome di Black. Io mi chiamo Black Diamond, in onore di mio padre che estraeva diamanti nelle miniere del regno» le rivelò la donna, con la voce rotta dalla commozione nel ricordo della sua famiglia di schiavi.

Nella Terra dei Seven Black non c'erano più minatori e operai, pastori e badanti, cameriere e contadini al servizio di nobili annoiati e spendaccioni. C'erano invece poeti e pittori, musicisti, scrittori, scienziati, insegnanti, tutti alienati dal regno degli Specchi, dove l'arte e la poesia, la conoscenza e la sapienza erano considerate attività inutili, troppo faticose e poco remunerative.

Black Diamond stessa era una cantante e concluse il suo lungo racconto proprio modulando un motivo lento, per accompagnare Snow White nel sonno. Benché non cantasse a voce spiegata, come facevano gli Specchi con la loro musica sincopata, il suono riempiva la stanza come un'eco vibrante, un suono profondo e dolcissimo, che riempì la ragazza di calore e commozione. Le spuntarono di nuovo le lacrime agli occhi, ma era come se tutto il dolore e la paura e la tristezza si sciogliessero dentro di lei e scorressero fuori. Così, passò dal dormiveglia al sonno, con il sorriso sulle labbra perché prima di sprofondare vide una figura regale: aveva capelli bianchi come la neve, e la pelle di nero velluto.

Finalmente capì che quella magica, invisibile protettrice era sua madre.

12

Faceva impressione camminare in un luogo senza specchi, neppure uno piccolo da borsetta. D'altronde, non era l'unica differenza con il regno dov'era cresciuta Snow White.

La più affascinante era che si trattava di un villaggio con case in gran parte costruite sugli alberi, in parte ancora ricavate nelle grotte della montagna. La più stupefacente era che le persone erano molto diverse l'una dall'altra, non soltanto per il colore della pelle, delle più varie sfumature più chiare e più scure.

La differenza che più saltava agli occhi era la forma dei corpi, fatti di ogni genere di taglia, da *very very small* a *extra extra large*, e di ogni livello d'altezza, da piccolissimi a molto alti, per non parlare delle fattezze delle membra, dei lineamenti delle facce, dei colori e della qualità dei capelli. Insomma, sembrava proprio che, senza lo Specchio che imponeva un solo modello, la gente si fosse molto sbizzarrita a scegliersi ognuno il corpo nel quale sentirsi a proprio massimo agio.

Inoltre, l'impressione era che, senza Specchi dove si fissavano obbligatoriamente gli sguardi, tutti fossero molto indaffarati a lavorare insieme, ridendo e scherzando, a chiacchierare e soprattutto a fare qualcosa che Snow White aveva molto di rado visto fare nel suo paese: leggere.

Ora, non si può dire che Snow White fosse una gran lettrice. Nel regno della cugina la lettura era considerata una perdita di tempo, riservata solo a chi proprio non aveva di meglio da fare e di solito c'era sempre di meglio: per esempio truccarsi, acconciarsi, profumarsi, scegliere gli abiti, comprare ninnoli, andare a cena fuori, chiacchierare del più e del meno e, naturalmente, specchiarsi. Tanto più che gli Specchi ripetevano:

La più bella del reame
di sapere non ha brame,
è soltanto la bruttona
che vuol far la sapientona.
Le letture son dolori
riservate ai professori,
che si sa, hanno la boria
di far viver nella noia.
Se ti vuoi un po' divertire
perché devi sta' a patire?
Già la vita è tanto dura,
che ci manca la lettura!
Quale scopo ha l'esistenza?
Ottener bella presenza.

Insomma, Snow White era cresciuta con l'idea che leggere facesse addirittura male alla salute. Così, a malapena sapeva capire le parole in stampatello della pubblicità e, nel vedere in giro le persone con il naso nelle pagine, sedute sui rami degli alberi o sui tronchi, le dette le vertigini.

Si appoggiò perciò a Black Diamond che le stava mostrando la Terra dei Seven Black. Le mancava il fiato.

«Siediti un po'. Sei ancora molto debole» le disse la sua accompagnatrice, con sollecitudine.

Snow White si accomodò su un tronco, accanto a una ragazza che, appunto, era immersa nella lettura di un libro, oltretutto assai spesso. Incuriosita, allungò il collo verso le pagine, e la ragazza intercettò il suo sguardo. Subito le sorrise e chiese: «Lo hai già letto?»

Lei scosse la testa e poi abbassò lo sguardo, confusa.

«Se vuoi, appena l'ho finito te lo passo» insisté l'altra.

Snow White sentì le guance imporporarsi e scosse la testa.

«Ah, sì, scusa! Ti leggo qualche pagina» disse l'altra.

Snow White sollevò di scatto la testa verso Black Diamond, che si chinò verso di lei e le spiegò: «Qui da noi si usa leggerci le pagine l'un l'altro. È un po' come salutarsi, o chiacchierare, capisci?»

Snow White allora s'illuminò: si accomodò meglio sul tronco dov'era seduta e si apprestò ad ascoltare la lettura.

«Vi lascio sole» disse Black Diamond con la sua voce flautata, e se ne andò.

13

Nel giro di qualche settimana, Snow White fece progressi velocissimi. Imparò a leggere con sicurezza e disinvoltura, partendo prima da libri più semplici, fino ad arrivare a volumi spessi come quello che aveva ascoltato leggere dalla ragazza sul tronco d'albero.

Snow White passava tutto il suo tempo nella biblioteca. D'altra parte, era impossibile ignorarla: la Black Library era il cuore della comunità e tutti gli abitanti la frequentavano giorno e notte. Era situata in una grande e profonda grotta sulla montagna, arredata con divani, poltrone, soffici tappeti, come un enorme salotto confortevole. C'erano strumenti musicali, un piccolo palco dove si tenevano concerti, c'erano grandi sale per i bambini arredate con mobili in miniatura, pupazzi colorati, palloncini, e pareti intere ricoperte di disegni. Naturalmente, c'erano moltissimi libri dappertutto: sugli scaffali che riempivano le pareti, sui tavoli, su ceste, sul bancone del bar (perché naturalmente c'era anche un bar e c'era persino un ristorante).

Alla Black Library ferveva un grandissimo lavoro con specialisti in ogni campo: i bibliotecari che si dedicavano ai bambini, quelli che organizzavano concerti, quelli che si occupavano della enorme collezione dei libri che giungevano dai paesi di tutto il mondo, i recensori delle novità che erano pubblicate sulla rivista mensile della Library, e infine un gruppo nutrito che si occupava della pubblicazione di libri prodotti dalla comunità dei Seven Black.

Fu una grande scoperta per Snow White scoprire che Black Bear, il più anziano e considerato dei Seven Black, era un poeta. Proprio la poesia, che nel suo paese era considerata niente più che una mania incomprensibile e spesso ridicolizzata. I poeti erano rappresentati come persone antiche e disperate, di cui, nel regno dei Più Belli, non c'era alcun bisogno. Rimasugli del passato, anche perché di poeti giovani non ve n'erano o, almeno, se ne guardavano bene dal farsi riconoscere.

Al contrario, nella Terra dei Seven Black la poesia non soltanto sopravviveva, ma cresceva rigogliosa come una pianta sana e piena di fiori. Nella Black Library si trovavano scaffali interi di volumi di poesie di tutto il mondo, compresa quella piccola parte in cui si trovava lei, ora.

Snow White era euforica, finalmente si sentiva a suo completo agio. Si era del tutto ristabilita, si sentiva per la prima volta piena di energia nel paese dei lettori e degli artisti.

I Seven Black, famosi ribelli, erano soprattutto scrittori: il fabbro Black Bear era uno dei poeti più importanti del mondo e il falegname Black Wolf era un romanziere. La ex bambinaia Black Swan scriveva e illustrava racconti per bambini, la ex modella Black Fox pubblicava storie d'amore, i due ex minatori Black Bird e Black Mouse scrivevano romanzi di mistero a quattro mani. L'unico che ancora non aveva scritto nulla era Black Deer.

Certo, quest'ultimo era il più giovane dei Seven. Aveva su per giù l'età di Snow White, e lei figurarsi se avrebbe potuto scrivere qualcosa! Per il momento, si limitava a studiare e leggere il più possibile. Chissà se anche Black Deer aspettava il momento giusto, o quella che tutti chiamavano "ispirazione"...

Un giorno, convinta di entrare nella saletta per la lettura silenziosa, Snow White sbagliò porta. Distratta dalla pila di libri che aveva tra le braccia, si accorse soltanto alcuni minuti dopo di trovarsi nello studio dove lavoravano gli artisti. Infatti, il tavolo dove poggiò i suoi volumi era ingombro di fogli e matite e nell'aria c'era un odore penetrante di solvente. Fece per andarsene, raccogliendo in fretta le sue cose, quando l'occhio le cadde su uno dei disegni stesi sul tavolo. Rappresentava una donna bellissima, con i lunghi capelli sciolti che le coprivano quasi tutto il corpo, distesi in morbidi ricci color del miele. La figura era sospesa sopra la placida distesa del mare, i piedi poggiati su una grande, candida conchiglia.

Snow White rimase impietrita. Fissò la figura come ipnotizzata, e non si accorse che qualcuno era entrato nella stanza e si era avvicinato.

«Sembra che ti piaccia» disse una voce accanto a lei, in tono basso, per non spaventarla.

Snow White si voltò e vide un ragazzo ritto in piedi non molto distante da lei. Nella penombra della stanza, non riuscì a distinguere bene i lineamenti, anche perché non vedeva granché da lontano, ma se n'era guardata bene dall'averlo rivelato alla regina, che odiava ogni genere di difetto fisico, primo tra tutti la miopia. Strinse perciò le palpebre, mentre il tizio si faceva più vicino. Ora poteva distinguere meglio la massa di capelli ricci e scuri, gli occhi che brillavano.

«È soltanto una copia di un quadro famoso» le spiegò, indirizzandole un sorriso complice.

Snow White sentì uno strano languore allo stomaco, simile alla fame, ma senza alcun sintomo di fame. Tornò con gli occhi all'immagine, mentre il ragazzo diceva, roteando la mano sopra il disegno: «Ci sto lavorando, voglio fare una serie di collage, cambiare l'immagine, questa è la perfezione, io voglio renderla più terrestre, umana...»

Snow White fece scorrere l'indice sui contorni della figura aggraziata, fino a giungere alla conchiglia ai suoi piedi. Il ragazzo interpretò il gesto come la richiesta di conoscere il nome della figura. «È Venere, la dea della bellezza. O meglio, per me Black Venus, la bellezza dell'anima.»

Lei batté un paio di volte l'indice sui piedi raffigurati: il primo dito era più lungo dell'alluce, proprio come il suo. Strano che il pittore avesse evidenziato questo brutto difetto!

Lui rise e spiegò: «Sì, anche i piedi sono magnifici! Il primo dito più lungo dell'alluce è segno di perfezione!»

La ragazza prese il foglio tra le mani che presero a tremarle.

Il ragazzo cercò di alleviare quell'evidente emozione e le disse: «Se ti piace, puoi tenerlo».

Snow White portò il foglio al petto, e fissò lo sguardo sul pittore misterioso che continuava a sorridere.

«Mi chiamo Black Deer» le rivelò, finalmente.

Questo nome fu come una formula magica che le aprì una sconosciuta porta nel cuore. Ebbe la sensazione che le traboccasse fin sulle labbra, mentre ripeteva "cervo nero", il ragazzo che, senza saperlo, lei aspettava da sempre.

14

Passarono alcuni mesi. La regina aveva dato per dispersa la cuginetta e l'aveva persino commemorata nella Cappella del Rimpianto, mentre gli Specchi mostravano la grandiosa cerimonia al popolo commosso soprattutto per la bontà della regina, così affezionata a Snow White, in fondo parente di secondo grado e oltretutto molto poco bella.

Ma un giorno, arrivò a corte una lettera, proprio da parte di Snow White, che annunciava di essere sana e salva e in grado finalmente di rientrare nel regno, dopo mesi di malattia e di ricovero presso un villaggio sperduto in cima alle montagne. La regina aggrottò le sottilissime sopracciglia: da quando quella somara scriveva? E cos'era questo villaggio in cima alle montagne? Mandò subito a chiamare il suo capo del servizio segreto, il quale esaminò con la massima attenzione la lettera scritta a mano e in stampatello. Poi rassicurò la regina: «Il paese di montanari è un luogo innocuo».

«Non saranno collegati con i Seven Black?» domandò sospettosa la regina, molto corrucciata. «Mi pare così strano che quell'asina abbia scritto una lettera, e di suo pugno, poi.»

«Se mi permettete, maestà, la lettera è scritta in stampatello, l'unico carattere che la ragazza conosce. In fondo, è sempre una nobile, scrivere sa scrivere.»

«Ci mancherebbe, con tutte le lezioni che mi è costata!» ricordò la regina.

«I Seven Black non si abbasserebbero a scrivere a mano, in stampatello, poi. Troppo intellettuali. E gli intellettuali sopportano tutto tranne che gli errori di grammatica, che invece qui ci sono.»

«Ah, sì?» commentò la regina che a dire la verità non ci aveva fatto caso. Anche lei non brillava in ortografia! «Ho letto in fretta e furia. Ma certo avete ragione.»

Non poteva certo immaginare che Snow White aveva scritto a bella posta in stampatello, con cancellature ed errori. Ormai leggeva e scriveva piuttosto bene, ma non poteva tradirsi. Infatti non si tradì.

«La lettera è autentica, in ogni caso la principessa entrerà a palazzo sotto scorta, state tranquilla» si pavoneggiò il capo dei servizi segreti.

«Già» fece la regina, soprappensiero. In fondo, poteva rivelarsi molto utile la ricomparsa della cugina compianta e invece rediviva. Il suo regno stava infatti un po' perdendo di smalto, la gente sembrava annoiata alle solite tiritere degli Specchi, c'era bisogno di qualche colpo di scena ed eccone uno servito su un piatto d'argento: la principessina miracolosamente salvata dai buoni montanari, gente schietta… Ecco, l'idea si stava profilando più netta nella mente della regina:

avrebbe costruito uno spettacolo memorabile, con il ritorno di Snow White accompagnata dai buoni villici, magari in groppa a una mucca. L'avvenimento sarebbe stato ripreso in diretta dagli Specchi, in modo che il pubblico, cioè il popolo, si commuovesse fino alle lacrime. C'era bisogno di un po' di sentimenti oltre che di estetica. Un po' di zuccherosa bontà.

Basta. Era arrivato il momento che il regno dei Più Belli diventasse anche il regno della Brava Gente. Il simbolo della nuova era sarebbe stato un frutto semplice, dolce, eppure perfettamente liscio, e di bell'aspetto: una mela rossa.

15

Tutto era pronto. La regina era in gran fibrillazione. Il salone del palazzo era illuminato a giorno, e al centro era completamente vuoto.

La serata si chiamava: *Un posto per te.* La protagonista sarebbe stata Snow White, che stava arrivando scortata dai suoi fidi gendarmi e che sarebbe passata dall'ingresso sotterraneo del palazzo, tramite una botola segreta, direttamente dentro il salone.

Gli Specchi erano tutti sintonizzati sulla scena. Da ore continuavano a martellare senza pausa l'avvenimento della serata, la grande sorpresa in serbo per il popolo, il miracolo più incredibile che sarebbe avvenuto sotto gli occhi di tutti… In più, dopo lo svelamento della principessa rediviva, sarebbe apparso un piccolo corteo di montanari, con tanto di mucche al seguito. Sette montanari infatti stavano accompagnando la principessa nel suo viaggio.

La regina era ben contenta che fossero lo stesso numero dei famigerati Seven, i ribelli intellettuali. Anche lei avrebbe proposto sette personaggi, ma stavolta gente semplice e tranquilla, legati alla terra e agli animali, gente che parlava come mangiava, non che poetava o infiorettava e che metteva in imbarazzo per l'uso appropriato dei congiuntivi.

Che meravigliosa scena sarebbe stato il suo plateale e commuovente abbraccio alla cugina ritrovata! La regina sarebbe apparsa più splendida e generosa che mai. Un rilancio in grandissimo stile. Mancava pochissimo ormai. La regina si sedette sul trono, circondata dai suoi fidi e adoranti cortigiani.

«Che emozione, maestà» commentò uno, con voce tremante. «Non è ancora iniziato e ho già i brividi addosso.»

«Che senso dello spettacolo, altezza. Che bravura impareggiabile! Che preparazione! Che genialità! E che splendida serata!» esclamavano uno dopo l'altro i cavalieri e le dame intorno a lei, che annuiva con espressione modesta.

«Su, non esagerate. È la mia indole, lo sapete. Non posso fare a meno di pensare al bene degli altri.»

«Com'è vero!» dissero tutti in coro.

Proprio allora, uno squillo di tromba zittì tutti. Il momento tanto atteso era arrivato! Le luci si spensero e s'illuminò soltanto il centro del salone. Dal pavimento, come per magia, sorse lentamente un enorme oggetto che dapprima sembrò una palla, poi si rivelò essere una gigantesca mela rossa e liscia. Vi furono grandi esclamazioni di stupore, che echeggiarono in tutto il regno amplificate dagli Specchi.

Piano piano, la mela si aprì e mostrò una donna con i lunghi capelli inanellati che le cadevano giù come una cascata di ricci dalla testa fino alla vita.

La regina sobbalzò. Non era questa l'immagine che si aspettava! Snow White avrebbe dovuto apparire davanti a tutti perfettamente pettinata e abbigliata, non con quella tunica lunga fino ai piedi, oltretutto nudi.

Scattò in piedi e strillò: «Ma com'è conciata?»

Un cortigiano aggiunse, inorridito: «Iiiih! Con i piedi nudi».

Un altro quasi svenne. «E porta gli occhiali!»

Un altro aggiunse: «È più brutta che mai!»

La regina sbottò: «Sbaglio o è ancor più nera?»

A questa parola, la mela s'illuminò e apparve sullo sfondo l'immagine di una donna dai lunghi capelli fatti di lettere e parole. La faccia somigliava molto a quella di Snow White e sopra campeggiava la scritta: BLACK.

Accanto a Snow White sembrò materializzarsi una figura, uscita anche quella dalla mela rossa, un ragazzo avvolto in un manto nero come la notte, che prese per mano Snow White.

«Nera» declamò lei. La sua voce si liberò nell'aria forte, piena, sicura, come il battito d'ali energico e maestoso di un'aquila. Una voce dal timbro vellutato e rotondo, che fece risuonare quella parola come una potente nota di clarino.

«Black» gli fece eco lui. La stanza sembrò vibrare quasi fosse diventata un'immensa cassa armonica sulle due voci che recitavano la poesia scritta da Snow White.

Nera come l'essenza della terra,
come l'ombra del corpo,

come la semente che sparge
l'invisibile mano della creazione
nel bozzolo profondo della nostra identità.
Nera scorza di polpa bianca,
nero seme dentro la polpa,
l'uno racchiude l'altro,
l'uno diventa l'altro.
Nera falce di luna.
Nera notte si stelle.
Nero sonno.
Nera neve sono io:
Sono Nera Biancaneve.

Black Snow White! Il nome rimbombò come un tuono potente che fece tremare i vetri e gli Specchi del palazzo. Si udì uno scricchiolio sinistro: la superficie incrinata, gli Specchi sembravano gemere, poi ululare, infine esplosero in mille pezzi. Al boato si unì il grido terrorizzato dei cortigiani, molti dei quali si erano gettati a terra o raggomitolati.

Proprio in quell'istante, dalla mela uscirono, uno dopo l'altro, i famosi Seven Black.

Vi fu un gran fuggi fuggi, mentre i cortigiani più fedeli confidavano nell'intervento dell'esercito che, chissà perché, sembrava svanito.

«Guardie! A me!» sbraitò la regina. Ma nessuno venne. Senza più la guida degli Specchi, i soldati apparivano confusi, storditi, quasi si fossero risvegliati da un lunghissimo letargo.

La regina soffocò un singhiozzo: «Quell'ingrata mi ha rotto il regno!»

Poi approfittò del parapiglia per scappare, e forse sta ancora scappando, in cerca, appunto di "un posto per te", dove la trattino da regina, dove l'adorino com'era stata adorata.

Quanto a Black Snow White, si sposò con Black Deer e insieme pubblicarono libri di poesia illustrata.

Ora che la regina non c'era più, e anche dopo che il vecchio principe fu liberato dalle prigioni, nessuno aveva voglia di un regno, ma di un paese libero dove non ci fossero sudditi né oppressi. Soprattutto, che non fosse abitato da Bella Gente o Brava Gente, ma finalmente fosse un paese di persone.

Il bello, addormentato

I maschi innamorati come te.

(Gianna Nannini)

1

C'erano una volta una regina e un re che desideravano tanto un bambino. Ma niente, passava il tempo e rimanevano sempre soli. E sempre più tristi.

Che ci voleva per avere un figlio?

Ne nascevano così tanti, nel regno: figli di contadini e di mercanti, di taglialegna, persino di mendicanti, a decine nelle casette dei più poveri e neppure uno nella casa del re! Era proprio il colmo.

Si sa come vanno le cose. Il re cominciava a pensare che la regina, benché altezza reale, non fosse all'altezza del compito. E la regina non si sentiva più tanto a suo agio: quanto tempo ancora avrebbe aspettato suo marito? Perché sì, lei era ancora una bellissima regina e faceva la sua figura a corte, ma se un bambino non arrivava, il re avrebbe potuto anche cacciarla e trovarsi un'altra moglie. La regina si era informata: secondo una legge molto antica, un re poteva "ripudiare" una moglie, se non nascevano figli. Ripudiare significava in pratica cacciare dall'oggi al domani la regina, in barba alla bella presenza e anche al rango di principessa. Che crudeltà! Ma la legge, si sa, non può essere pietosa, altrimenti che legge è? Così, quella legge spietata rischiava di toglierle la corona e anche il marito in un colpo solo.

Insomma, alla fine la regina si risolse a recarsi da una maga. Ovviamente in gran segreto, perché il re non doveva sapere.

La maga viveva in una capanna nei pressi di un lago, e la regina vi arrivò nascosta in un carro, travestita da contadina. Era pomeriggio tardi e la superficie dell'acqua era colorata tutta di rosa per il tramonto. Nascoste tra le lunghe erbe delle rive, le rane gracidavano, ma quando sopraggiunse il carro, scese un gran silenzio, come se il lago intero trattenesse il fiato per sentire cos'aveva da chiedere alla maga la regina in persona.

2

Ora, la regina si era aspettata una persona anziana dai lunghi capelli bianchi. Con sorpresa perciò vide sulla soglia una giovane donna robusta, dalle lunghe trecce nere, che spandeva un gran tintinnio di bracciali sollevando le mani in alto.

«Ciao, mia cara» esordì.

La regina ci rimase male. Come osava questa sconosciuta rivolgersi a lei con il volgare tu? Un po' risentita, osservò: «Buona sera. Vi spiace darmi del voi? Voglio dire, io sono la regina».

La maga si imbronciò subito. «Ah. Vuoi tenere le distanze? Non sei venuta qua in visita ufficiale, mi pare.»

La regina arrossì un poco. «No, anzi, lo sapete. Deve rimanere assolutamente segreto.»

«Benissimo, allora. E cosa hai detto al re? Che sei andata a trovare una cugina?»

«Il re non sa, sono venuta in incognito.»

«Attenta, tesoro. I re sanno sempre tutto. Ti consiglio di raccontare che hai fatto visita a una parente... La duchessa delle rane!» E qui la maga scoppiò in una gran risata.

Chissà se udirono di essere chiamate in causa, ma a quel

punto le numerose ranocchie che popolavano il lago presero a gracidare tutte insieme. Un suono talmente assordante che la regina fu costretta a riparare subito dentro la casa della maga, se voleva proseguire la conversazione.

Anche qui, ebbe una bella sorpresa. Pensava che si trattasse di una casetta umile, fredda e disadorna. Invece, oltrepassata la soglia, davanti a sé vide un magnifico salottino riccamente arredato, con bei tappeti e tendine di pizzo alle finestre, divani a fiori, e una stufa di ceramica che spandeva un bel tepore. La regina sorrise. «Che bella casa, complimenti!» E si accomodò su una bella poltrona di velluto rosso.

«Ti aspettavi un tugurio?» ribatté un po' acida la maga.

Certo che non era facile parlare con lei. Sembrava un tipo molto suscettibile. «No, per carità!» mentì la regina. «D'altra parte, siete una persona famosa.»

La maga annuì, soddisfatta. «Direi. Anzi, sono io che scelgo i miei pazienti. Mi hanno detto del tuo caso e ho deciso di riceverti. Se non fossi stata tu, cara, l'appuntamento sarebbe slittato tra otto mesi, ho gente in lista d'attesa...»

Benché la maga insistesse a parlarle con la massima confidenza, la regina proseguì in tono referente e distaccato, con il voi. «Vi ringrazio, maga. Sapete, mi avevano parlato anche di altre persone...» iniziò.

La maga si accigliò. «Che persone?»

La regina si rese conto di aver fatto un passo falso e cercò di rimediare: «Ma niente, guaritrici...»

«*Pfff!*» sbuffò con disprezzo la maga. «Lo so a chi ti riferisci. Si fanno chiamare addirittura fate! Quelle boriose pasticcione! Vanno per i boschi a cercare erbe, pastrocchiano con gli unguenti. Al massimo ti curano un raffreddore, ma per avere un bambino...» e qui la maga fece una pausa a effetto.

La regina spalancò gli occhi, si allungò verso di lei, piegandosi in avanti dalla poltrona.

«Per un figlio...» ribadì la maga e di nuovo lasciò la frase in sospeso, mettendosi ad annuire.

«Per un figlio?» chiese ansiosamente la regina.

«Eh, cara! Per un figlio... ci vuol ben altro che il timo o la genziana!»

Ora, la regina non si intendeva affatto di erbe, né di giardinaggio e tantomeno di cucina. Ma arrossì ancor di più, perché prima di arrivare dalla potente maga, aveva già fatto visita a tutte e dodici le guaritrici del regno.

Una le aveva fatto mettere delle erbe di campo sotto il cuscino, perché nascesse un bambino sano. Una le aveva raccomandato di fare il bagno nel latte di capra, per avere un bambino dalla pelle liscia. Una le aveva procurato essenze speciali, per un bambino sereno. Una le aveva dato da mangiare radici di zenzero per un bambino forte. Un'altra ancora le aveva raccomandato di avvolgersi in sete rosse, per un figlio affettuoso. E una le aveva appeso al collo un cristallo per un bambino bellissimo, senza difetti. Poi c'era stata la guaritrice che le aveva fatto mangiare salvia, quella che le aveva fatto bere infuso di rosa, quella che le aveva detto di fissare la luna, quell'altra che le aveva detto di non bagnarsi le mani se non con acqua di sorgente, e infine una che le aveva raccomandato di dormire il giorno e stare sveglia di notte e un'altra che le aveva consigliato di non mangiare mai dopo il tramonto.

Insomma, nessuno di questi rimedi per il momento aveva funzionato.

«E voi invece credete di potermi aiutare davvero?» chiese la regina, con gli occhi umidi.

La maga sollevò il mento, con espressione battagliera: «Credete? Hai detto: cre-de-te?»

La regina non osò rispondere.

«Ma hai la più pallida idea di chi hai di fronte?» domandò la maga.

La regina ripensò alla dama che le aveva procurato l'indirizzo, un'arciduchessa ricchissima. E ripensò anche all'ingente somma di denaro che questa visita le costava. «Una vera specialista, a quel che so» rispose infine.

Ora, la parola specialista piacque molto alla maga che cambiò espressione. Gli occhi le brillarono e la bocca sorrise. «Brava! Una specialista. Da non confondere con quelle zotiche senza professione. Solo io conosco l'antica medicina egizia.»

La regina assentì, impressionata. Di medicina egizia non sapeva nulla, ma aveva capito al volo che la maga era un tipo assai permaloso e che non andava contrariata.

3

La medicina o la magia egizia funzionò.

Dopo nove mesi esatti da quando la regina era stata dalla specialista, nacque un bambino. Forse anche tutte le cure sperimentate con le altre guaritrici dovevano aver dato i loro frutti. Infatti il bambino era davvero bellissimo, liscio come la seta, sano, ridente, sereno, affettuoso, non piangeva mai e rideva moltissimo. Così la regina decise di invitare al castello le dodici guaritrici, in segno di riconoscenza. Invece, non si curò di mandare alcun invito alla maga, perché sotto sotto temeva un po' quella figura tremenda. E se avesse spifferato tutto al re? E se avesse cominciato a pavoneggiarsi, dicendo che era tutto merito suo? E se addirittura si fosse messa a pretendere di fare la madrina al piccolo? Se avesse chiesto altri soldi? O una raccomandazione per altre regine? No, quella donna era troppo pericolosa per farla entrare al castello, addirittura portarla al cospetto del suo adorato bambino. In fondo, era stata molto ben ricompensata e il suo compito si era esaurito diversi mesi prima.

Insomma, la regina chiuse il discorso e non ci pensò più. Eppure sapeva che la maga era un tipo permaloso e doveva aspettarsi che avrebbe preso male il mancato invito ufficiale al castello.

Il giorno successivo al rinfresco, infatti, fu annunciata la visita della "cugina della regina".

«Non ho cugine» replicò lei al maggiordomo.

«Come no?» chiese il re, che dimenticava quasi tutto, ma della cugina sembrava ricordare benissimo. «Non è la duchessa delle rane che andasti a trovare l'anno scorso?»

«Ma no, che dici?» rispose evasiva la regina, ma il suo disagio insospettì il re, che ordinò di fare entrare la maga.

La quale, come si può immaginare, era visibilmente seccata. «E così» esordì, senza dire né buon giorno né buona sera... «e così avete invitato a corte tutte quelle mezzecalzette a un rinfresco, e a me neppure un caffè, che dico, nemmeno un bicchier d'acqua! Bella riconoscenza!»

«Signora duchessa...» principiò il re che intendeva stemperare la rabbia della donna.

«Ma quale duchessa!» replicò lei, furiosa.

«Stimabile cugina...» fece allora il re, sconcertato.

«Ma che cugina d'Egitto!» sbottò lei, mentre la regina si faceva di tutti i colori e desiderava sprofondare.

«D'Egitto? Questa poi!» commentò il re, lanciando un'occhiata interrogativa alla moglie che chinò lo sguardo, confusa.

«Insomma, io sono la specialista!» dichiarò la maga, con aria di sfida, agitando una mano in aria che tintinnò come un gregge di pecore. «Senza di me, sareste sempre lì ad aspettare un erede.»

Il re rimase a bocca aperta. Non ci capiva più nulla. Quella donna vestita in modo bizzarro, con amuleti al collo, un'intera suoneria alle braccia e lunghe trecce nere, diceva cose incomprensibili. Evidentemente, era straniera, infatti aveva detto che veniva dall'Egitto, ma cosa c'entrava il suo erede e di cos'era specialista?

Prima che il re potesse profferire una parola, la regina, presa da un moto di rabbia, strillò: «Guardie, presto! Cacciate via questa donna!»

«Come osi?» gridò a sua volta la maga. «Oltre che un'ingrata, sei anche una stupida. Ora non hai più bisogno della mia scienza, vero? Ebbene, sappi che il tuo bel bambino ha un grave difetto. Ma visto che sei stata così scortese, non ti dirò quale e tantomeno ti darò la cura. Addio, ignobili signori!»

E con queste terribili parole, la maga girò i tacchi e se ne andò così alla svelta che sembrò scomparire in una nuvola. Troppo tardi perché le guardie, finalmente accorse, potessero afferrarla e gettarla in prigione.

La regina, intanto, aveva preso il figlio tra le braccia e lo stringeva al petto, terrorizzata.

Il re, che si era ripreso dalla piazzata della maga, fissò la moglie strabiliato e osservò: «Certo che hai una famiglia ben strana».

4

Il principe era davvero un bellissimo bebè. Tanto era stato desiderato, che fu chiamato appunto Desiderio. Ma il nome era assai lungo e impegnativo, soprattutto per un bambino. Così, in breve tempo, tutti lo chiamarono “Dedé”.

Era l’unico figlio del re e della regina, perciò entrambi non gli toglievano gli occhi di dosso. Soprattutto la regina, che era talmente ansiosa da seguirlo quasi come un’ombra, attentissima a tutto quel che faceva.

Anche quando Dedé divenne più grande, e cominciò a camminare e poi a muoversi per il castello e in giardino, la mamma lo seguiva passo passo, terrorizzata che potesse farsi del male.

Se il principino allungava una manina per prendere qualcosa, la regina si precipitava ad aiutarlo. Se intendeva affacciarsi alla finestra, la regina ordinava di chiudere subito le imposte. Se il bambino voleva carezzare il cagnolino di casa, la mamma faceva allontanare il cane. Se il principino dava la mano a una damigella, la regina gli puliva subito le manine, non fosse mai che il piccolo prendesse qualche brutto germe!

La regina però non era sgarbata o imperiosa con il suo adorato bambino, anzi. Con voce lamentosa, supplichevole, lo convinceva di obbedire "a mamma". Così, per tutto il giorno, nel castello non si udiva altro che la voce della regina raccomandarsi, in tono amorevole: «Dedé, mangia la zuppa buona a mamma!»

«Dedé, da' la manina a mamma!»

«Dedé, butta baci a mamma!»

Ma il tono si faceva preoccupato, quando il principe tentava di avere qualche iniziativa personale, come giocare, saltare, correre. La regina allora lo supplicava: «Dedé, non saltare così a mamma! Ti fa male la testolina».

«Dedé, non correre, a mamma, che poi sudi e ti viene la polmonite, tesoruccio!»

«Dedé, non battere le mani così forte, a mamma! Non andare in giro a piedi nudi, a mamma! Non stare accanto al camino, a mamma! Non ti sporcare, a mamma!»

Insomma, alla fine l'unica cosa che il povero Dedé poteva fare in santa pace e da solo era dormire. Difatti, appena poteva, si addormentava: non soltanto nel suo lettino, ma in poltrona, sul sofà, sul trono, su una sedia, in carrozza, a volte persino in piedi!

Alle sue amiche che si lamentavano dei loro figli scatenati, irrequieti, che dormivano pochissimo e facevano impazzire le governanti, la regina diceva, con grande orgoglio: «Il mio Dedé è bravissimo! Un bambino d'oro!»

«Mangia tutto?» chiedeva l'amica viscontessa che diventava matta per far mangiare le verdure al suo bambino.

«Tutto, e senza sporcarsi!» rispondeva la regina, sollevando il mento per la soddisfazione.

«Non piange, non strilla?» chiedeva un'arciduchessa stremata dai suoi due gemelli pestiferi, che litigavano tutto il giorno.

La regina sgranava gli occhi e scuoteva la testa: «Assolutamente mai!»

«E magari dorme tutta la notte...» s'informava, sbadigliando, una povera principessa, che da quando era nata la sua bambina non riusciva più a chiudere occhio. La piccola infatti stava sveglia di notte e pisolava di giorno, come un gufo.

La regina allora allargava la bocca in un sorriso soddisfatto. «Tutta la notte, fino alla mattina tardi. Dorme come un angioletto!»

Ma il re, tutto questo sonnecchiare lo considerava un po' strano, soprattutto in un maschio. Chissà, forse perché il bambino era ancora piccolo e in mano alle donne, le balie, le dame, la regina. Ma quando fosse stato grande, avrebbe svegliato lui il suo ragazzo. Dormire non era da guerrieri.

«Chi dorme non piglia pesci» brontolò tra sé, correggendosi poi: «O pece? Chi dorme non piglia pece?» Non si ricordava, d'altronde questi proverbi erano incomprensibili. Cosa c'entravano i pesci con il sonno? Un re non dorme per la salvezza del regno. Punto.

5

Ma la volontà del re di far diventare suo figlio un guerriero sveglio fu rimandata di anno in anno. Dedé cresceva, diventava un ragazzino, ma per la regina era sempre "piccolo".

«È ora che Dedé impari a cavalcare» diceva il re.

«Stai scherzando, vero? È ancora piccolo» osservava la regina, scandalizzata.

«Ha dodici anni suonati. Alla sua età c'è chi lavora» brontolava il re, contrariato.

«Ma lui è un principe, non deve certo lavorare» ribatteva la regina.

«Cavalcare è un diritto regale, quindi Dedé imparerà ad andare a cavallo come si deve!» si piccò il re. E ordinò che il figlio prendesse lezioni di equitazione.

La regina fu costretta ad ammettere che il marito aveva ragione e comprò a Dedé tutto l'equipaggiamento indispensabile per un perfetto cavallerizzo. Il principe fu vestito dai camerieri: pantaloni morbidissimi scamosciati, stivali lucidi, color miele di bosco, alti fino al ginocchio, camicia di seta candida con i volant che spumeggiavano dal gilet di pelle di daino, infine una giacchetta aderente di velluto color muschio, stesso tono di colore degli occhi del principe. Mammà era commossa fino alle lacrime.

«Come stai bene vestito da cavaliere!» osservò, battendo le mani e poi stringendosele al petto.

«Davvero, mammà?» fece Dedé, guardandosi di profilo. «La giacca però mi pende un po'. Sono troppo magro.»

«Ma cosa dici? Sei un figurino, a mamma!»

Dedé si rimirò di nuovo da capo e piedi e brontolò: «Qualche chilo in più non guasterebbe». E si soffiò il ciuffo biondo che gli cadeva sugli occhi.

«Il mio piccolo cavaliere!» commentò la regina, abbracciandolo di slancio.

«Per favore, mammà. Mi sciupate la giacca» brontolò Dedé mentre si sottraeva con poco garbo dal viluppo materno.

La regina si tirò indietro. «Sì, certo, caro, hai ragione a mamma.» Subito, con un gesto muto ma imperioso della testa, ordinò a un valletto di spianare le invisibili pieghe nella giacca del principe.

Mentre il principe si osservava allo specchio e il cameriere gli spolverava la giacca, la regina si umettò gli occhi con un fazzolettino ricamato, commossa. Il suo bel bambino sembrava diventato così grande! Così bello, così fine, anche nell'abito da caccia!

Sospirò, e con un battimani ordinò ai camerieri di scortarla nelle stalle, per seguire le lezioni. Si sapeva che i cavalieri erano tali zoticoni, che non voleva certo lasciare il figlio da solo in mano a quella gente.

La presenza della regina impedì agli stallieri di scoppiare in una grossa risata nel veder entrare quel damerino elegantissimo, con stivali lucidi e un completo immacolato.

Il principe fu issato sulla sella. Per prudenza, era stata scelta una vecchia cavalla molto placida, che non usciva mai dal recinto. Ma la regina, nel vedere il figlio allontanarsi su un cavallo, anche se a passo d'uomo e seguito dal maestro d'equitazione, non poté fare a meno di profferire: «Dedé, attento a mamma!»

Il principe si spaventò e batté i talloni sui fianchi della cavalla che, contro ogni aspettativa, s'imbizzarrì. Si sollevò sulle gambe posteriori, facendo cadere il preziosissimo cavaliere. Il quale, per fortuna, atterrò tra le braccia del maestro, balzato ad afferrarlo, mentre un altro stalliere tratteneva la cavalla e l'allontanava.

«Voi! Incapace! Stolto!» cominciò a urlare la regina fuori di sé contro il maestro. «Ridatemi subito mio figlio!»

Il maestro, sconcertato, si diresse verso la regina, portando tra le braccia Dedé che, nel frattempo, si era addormentato.

6

Fino ad allora, i pisolini del principe erano giustificati.

«I bambini dormono più degli adulti, si stancano tanto... Dedé poi ha bisogno di riposare di più per tutti i pensieri che ha già sul suo regno» diceva la regina. La quale non era il tipo che ammetteva ci fosse qualche piccolo problema. Il figlio era perfetto, ci mancherebbe altro. Tutti dicevano quanto era bello, gentile, educatissimo, pacato, tutti ammiravano la grazia d'inchinarsi, la voce intonata (il principe cantava benissimo), il modo di esprimersi raffinato e colto. Il principe era bravissimo negli studi: i suoi maestri erano persino entusiasti della sua diligenza e della sua disciplina, non mancavano mai di lodarlo e di riferire i progressi alla deliziata regina.

Però c'era qualcosa che non funzionava.

Il principe si addormentava, a volte anche a lezione.

«Capita a menti avanzate» spiegò il medico di corte. «Forse si annoia con testi troppo semplici e cade in una specie di torpore.»

Furono cambiati gli insegnanti, furono chiamati professori dalle Università, ma il principe non ce la faceva a tenere gli occhi aperti per tutta la durata della lezione. Di botto, reclinava la testa e sprofondava nel sonno.

Anzi, più passava il tempo, più la faccenda peggiorava. Il principe era ormai un ragazzo, erede di un regno, aveva incarichi di rappresentanza, avrebbe dovuto iniziare a occuparsi di cose serie, ma… sempre più spesso si addormentava!

Capitava durante le visite di importanti personaggi. In effetti erano occasioni noiosissime, doveva ammettere la regina che a stento reprimeva gli sbadigli, ma che al principe si chiudessero gli occhi risultava imbarazzante! Non era più un pupo, aveva quasi diciott'anni, Santo Cielo!

«Dedé!» sibilava allora, pizzicandolo. Lo fulminava con lo sguardo mentre lui si riscuoteva e si guardava attorno con aria intontita: «Eh? Che c'è, mammà?»

«Stai dritto! E ascolta l'ambasciatore!» lo rimproverava lei tra i denti.

Succedeva persino ai ricevimenti, alle feste danzanti, in mezzo a bellissime ragazze che se lo mangiavano con gli occhi. Anziché invitarle a ballare una dopo l'altra e rifulgere in mezzo al salone, il principe si accomodava su una poltrona o sul divano, e giù a dormire. Non lo disturbava la musica da ballo, né le chiacchiere animate, né le risate, né i botti dei tappi di champagne. Anche nel pieno di una grande confusione, anche con i fuochi artificiali, il principe abbassava le palpebre dalle lunghe ciglia scure, socchiudeva le labbra morbide e rosa, abbandonava il lungo corpo snello. Bello come un angelo, il principe dormiva. Tra le risate delle più belle fanciulle del regno, tra gli sguardi sconcertati e scandalizzati, tra i mormorii degli invitati, la rabbia del re e il terrore della regina, lui se la dormiva di grosso.

7

Insomma, la regina dovette affrontare la verità.

Suo figlio aveva un difetto, e neppure tanto piccolo. Non era una macchia della pelle, un tic, neppure un piede storto o un dito in più. Magari! La regina si trovò a invidiare l'amica viscontessa e la figlia che parlava con la lisca, sulla quale aveva avuto tanto da ridire. Si era persino permessa di farle il verso, con le sue dame di compagnia! Com'era stata sventata!

Altrettanto era accaduto per il figlio un po' claudicante della principessa di Franciacorta: quanto aveva riso, nel ribattezzarlo "gambacorta"! Chissà cosa dicevano alle sue spalle, quelle dame, di lei e Dedé, chissà che risate. Non parliamo poi di quei figli delle amiche abbastanza duri di comprendonio, sfaticati negli studi, maleducati e strafottenti. Quanto li aveva derisi, quanto aveva spettegolato su di loro! Adesso si rammaricava: magari avesse avuto anche lei un figlio zuccone!

Il principe dormiva sempre di più, ormai era più il tempo in cui stava sprofondato nel sonno che quello in cui era sveglio, abbastanza intontito tra l'altro. Era sempre più complicato portarlo in società, mostrarlo a tutti.

La regina però si era categoricamente rifiutata di far visitare il suo ragazzo a medici e professori, come avrebbe voluto il re. «Vuoi che tutti sappiano che è MALATO?» osservava.

Di fronte a quella domanda, il re esitava.

«Nostro figlio è sanissimo» ribatteva lei, con fermezza.

«E com'è che dorme sempre? Dorme in piedi?» sbottava lui, seccatissimo.

«Sarà la primavera, lo dicono tutti che si dorme di più» rispondeva la regina, e poi: «Sarà l'estate, con questo caldo...» o ancora: «Sarà l'autunno, il cambiamento di stagione...» e infine: «Sarà l'inverno, sai d'inverno si va in letargo...»

Però, poi non ci furono più scuse.

«Nostro figlio ha questa, diciamo, predisposizione al sonno» disse la regina al re. «Ma nessuno deve sapere, ne va della nostra reputazione, del nostro prestigio.»

«Già» ammise il re. Il prestigio andava davanti a tutto. E dichiarò: «Sarà un segreto di Stato, guai a chi lo fa trapelare».

«Bravo. Una decisione davvero reale.»

«Grazie, cara» disse il re e si lasciò sfuggire: «Certo che peccato avere un unico figlio, così strano».

«Lo sono tutti, strani, non ti sembra?» replicò risentita la regina. Perché non sopportava di sentire una critica sul suo Dedé, neppure se arrivava dal marito.

Sarà stato anche strano, suo figlio, ma la mattina si presentava cortese ed elegante alla porta della sua camera e, con un inchino da manuale e la bella voce baritonale la salutava: «Vi auguro una buona giornata, mammà adorata».

Che consolazione! La regina si rimangiava tutti i brutti pensieri e osservava che non esisteva figlio migliore sulla Terra.

D'altra parte nessuno è perfetto.

8

Comunque sia, l'imperfezione del principe bisognava eliminarla o almeno contenerla. Chissà se si trattava di malocchio. Magari lanciato da qualche invidiosa? A che serviva allora disturbare un medico, un luminare? Perché far trapelare la notizia di un disturbo fisico o mentale?

Insomma, la regina decise di ricorrere alle famose dodici guaritrici del regno. Come al solito, in tutta segretezza.

Una consigliò bagni caldi, ma la terapia sembrò anzi peggiorare la situazione. Il principe nella vasca si addormentava anche prima e dormiva ancor più a lungo.

Una seconda consigliò perciò docce fredde. Ma dopo il trattamento, battendo i denti, il principe collassava sul letto, sfinito, e dormiva due giorni difilato.

La terza consigliò di aumentare le portate nei pasti: al principe mancavano sufficienti energie. Ma dopo ogni mangiata strabordante, pieno come un tacchino, il povero principe cadeva in un sopore che neppure le cannonate riuscivano a fugare.

La quarta propose allora piccoli pasti frequenti, per sconfiggere il torpore dopo pranzo. Il principe si trovò a mangiare ogni due ore, e in quegli intervalli ovviamente dormiva.

La quinta guaritrice consigliò frizioni alla menta nel corpo, la sesta addirittura leggere fustigate con rami di betulla, ma dopo questi trattamenti il povero ragazzo aveva tremende emicranee che lo costringevano a letto per una settimana, a occhi serrati. La settima non seppe cos'altro consigliare se non stare il più possibile all'aria aperta, lontano da letti e poltrone, ma il principe non si faceva alcuno scrupolo di sdraiarsi su un'aiuola del giardino, o sotto un pero, e dormire appallottolato come un riccio.

L'ottava guaritrice gli fece indossare una pietra speciale contro il malocchio, poi cambiò con un'altra, e un'altra ancora, infine gli mise al collo un'intera sfilza di pietre. Così, la nona guaritrice dichiarò che quel peso al collo fermava l'afflusso sanguigno al cervello e aumentava la sonnolenza, e lo fece togliere. Fece dormire il principe in un letto semiverticale, con la testa in basso e i piedi in alto. Il risultato fu che il principe sognava più di prima.

La decima guaritrice gli fece bere una potente pozione a base di pappa reale e miele, ma poiché non vi furono utili conseguenze, l'undicesima passò a una pozione assai più forte, preparata con erbe misteriose dal grande potere eccitante. Il principe sognava di correre a perdifiato su prati infiniti.

Insomma, era rimasta ormai soltanto l'ultima guaritrice alla quale la regina si rivolse, disperata.

«Nessuna di noi può guarire il difetto di vostro figlio» ammise lei, saggiamente.

La regina scoppiò a piangere, e per la prima volta ammise: «Lo sapevo! L'aveva detto quella brutta strega che Dedé aveva un grave difetto! Se non l'avessi cacciata da corte...»

«Con i se e con i ma non si combina niente» ribatté la guaritrice, pratica.

«E allora che devo fare?»

«Scusate se ve lo dico, maestà, ma voi niente. Dovete lasciare che in vostro figlio si accenda una fiamma.»

«Che fiamma?» chiese la regina, irritata.

«Una fiamma. Quale, non lo so. Sono una guaritrice, non una veggente» tagliò corto la donna, e si licenziò.

9

Il principe stava per compiere diciotto anni e i suoi genitori organizzarono una festa grandiosa. Furono invitati tutti i nobili del regno e anche di altri regni, furono chiamati i migliori cuochi, cantanti, ballerini, attori, e i preparativi per il grande avvenimento impegnarono per mesi la regina e il re.

Il principe ovviamente stava molto ritirato e appariva per pochi minuti per misurarsi l'abito o approvare la torta, e anche in questi casi aveva un'aria molto assonnata. Fosse stato per lui, tutta questa fatica si sarebbe potuta risparmiare. Preferiva molto di più stare nel mondo dei sogni, dove nessuno doveva mangiare né bere, non c'erano persone, non c'erano risate o strilla, nessuna conversazione da sostenere, niente da fare, figurarsi la prospettiva di occuparsi, un domani, di un intero regno.

Il suo sogno preferito era di stare seduto su una nuvola rosa, circondato da enormi pupazzi che cantavano allegre tiritere come questa:

Noi siam tutti pupazzoni,
siamo veri bamboccioni.

Quello che proprio ci piace
è poltrire in santa pace,
non far niente tutto il giorno,
non guardarsi mai intorno,
star lontani dalla folla,
chiusi dentro una gran bolla
dove tutto è ameno
lento, placido, sereno.
A chi cerca o ha un assillo,
noi diciamo: stai tranquillo!
Per favor, non disturbare,
noi abbiamo da sognare:
meglio un sogno senza moto,
senza niente, un sogno vuoto!

Come avrebbe voluto, il principe, che anche i suoi genitori e tutta quella gente affannata nei preparativi, e magari anche gli ospiti che stavano per arrivare, si dessero una bella calmata, si fermassero, schiacciassero un pisolino, anzi, si addormentassero proprio.

Da parte loro, invece, il re e la regina non soltanto non erano tranquilli, ma non riuscivano neppure a chiudere occhio. Il compleanno era inevitabile, ci sarebbe mancato altro di non festeggiare il principe reale! Ma con quel dormiglione, che figura rischiavano di fare davanti ai parenti, agli amici, a tutti i nobili, alla gente?

La regina, benché a malincuore, ammise che il principe poteva essere presentabile per pochi attimi. Ma la festa sarebbe durata ore, addirittura l'intera notte, e non c'era pozione al mondo che potesse tenere desto suo figlio. Che si poteva fare?

«Che rabbia, pensare che è così bello, così raffinato, così affascinante!» continuava a ripetere.

«Se avessi partorito due gemelli, saremmo a posto» brontolò il re. Da qualche tempo infatti aveva cominciato a pensare che sotto sotto la regina avesse le sue colpe. Un figlio solo non basta, ce ne vuole almeno un altro di scorta, e che diamine!

Stavolta però la regina non se la prese, anzi. S'illuminò e si batté una mano sulla fronte, esclamando: «Ma certo! Un gemello!»

«Un po' tardi per pensarci, non credi?» osservò il re, sempre più rabbuiato in volto.

«Non è tardi! Cercheremo un sosia» disse la regina con gli occhi sgranati.

«Un… cosa?» domandò il re, preoccupato.

La moglie sembrava traversata da una ventata di pazzia. Aveva gli occhi scintillanti, la voce tremava: «Un sosia, qualcuno che somigli a nostro figlio e che prenda il suo posto per la durata della festa».

«Un sosio, allora, perché sosia?» chiese sempre più dubbioso il re. La regina lo fissò per qualche istante, a bocca aperta. Il re temette che le fosse venuto un ictus dopo quella specie di febbre che l'aveva fatta avvampare. Le prese una mano e cercò di riscuoterla: «Cara?»

«Sì!» gridò la regina, facendolo sussultare. «Bravo! Hai sempre ragione!»

Il re non replicò, sconcertato. Intanto la regina riprese a parlare in tono eccitato: «È una splendida idea. Sei proprio un grande re!» e lo abbracciò.

Il re non seppe cos'altro aggiungere. Era ovvio che era un grande re e che aveva sempre ragione. Non riusciva a capire quale splendida idea avesse avuto, ma, si disse, i re fanno domande, sono gli altri a dare risposte.

10

Ancor prima dell'alba, dopo la notte insonne prima per la preoccupazione, poi di elaborazione del proprio piano, la regina scese nelle cucine con una lampada in mano. I servi, impreparati a veder arrivare sua maestà in persona, così presto, senza alcun preavviso e oltretutto in vestaglia, si terrorizzarono. Quasi s'impietrirono ai loro posti, mentre la regina li fissava con occhi torvi.

«Dove sono le più giovani? Le cameriere? Le servette?» domandò feroce al maggiordomo che la seguiva passo passo, pallido come un morto.

«Laggiù, vostra maestà, al tavolo della cucina, stanno facendo colazione prima di iniziare la giornata...» rispose con un fil di voce l'uomo.

La regina entrò come un ciclone nella grande stanza illuminata a malapena, dove un gruppo di cameriere stava mangiando pane e latte. Tutte scattarono in piedi e s'inchinarono, piegando le teste con il mento fin sul petto.

La regina comandò imperiosa: «Su la testa, forza! Fatevi vedere, avanti! E raddrizzatevi, in piedi!»

Le ragazze si sollevarono, si urtarono con strilli soffocati, si pestarono i piedi mentre si ammassavano, cercando di nascondersi una dietro l'altra. A qualcuna scappò una risatina nervosa, le altre gemevano.

«Che branco di pecore!» commentò la regina, e ordinò al maggiordomo: «Fatele allineare, presto!»

L'uomo afferrò senza garbo una ragazza dopo l'altra e le mise in fila come soldati. Anche se, a dire la verità, la fila ondeggiava. Tutte stavano a testa china, con le spalle piegate in avanti e le mani sul grembo, le dita intrecciate. Le ginocchia tremavano, le labbra tremavano, così le ragazze si appoggiavano l'una all'altra e dondolavano come pendole.

La regina alzò gli occhi al cielo e sbraitò: «Dritte! Spalle aperte! Mento in alto, petto in fuori, pancia in dentro!»

Le cameriere cercarono di obbedire, confuse e spaventate. Ricominciarono i sospiri, i gemiti, le più giovani lanciarono occhiate ansiose verso le più grandi che si misero sull'attenti a naso in su. Finalmente, la fila fu compatta e immobile. Cadde un silenzio di piombo mentre la regina sfilava davanti a loro e le passava in rassegna.

Prima, scartò le più basse: «Voi, via dalla fila!» ordinò.

Le ragazze sgattaiolarono via con sospiri di sollievo.

La regina eliminò quelle un po' troppo robuste. Con l'indice puntato, disse: «Tu, tu e tu, via. Siete eliminate».

Le cameriere si affrettarono a sparire. Rimasero quattro ragazze slanciate, ferme come pali, ma con le labbra tremanti. Qualcuna stringeva la bocca per impedire ai denti di battere.

«Scioglietevi i capelli, avanti!» abbaiò la regina.

Le ragazze si tolsero le forcine, i capelli piovvero sulle spalle.

«Tu e tu! Via dalla fila!» disse la regina indicando due ragazze brune, dai capelli morbidi e ricci che presero in un lampo la porta della cucina, dileguandosi.

Rimase una castana e una biondo-rossa. La regina si portò addirittura un monocolo sull'occhio, per esaminarle meglio. Si avvicinò fin quasi a incollare il naso sul loro viso, sulle spalle, sul girovita, come un segugio. Osservò con cura le mani, soppesò le braccia. La ragazza castana si mise silenziosamente a piangere. L'altra cercò di dominare i conati di vomito per la paura e fu scossa da qualche colpo di tosse.

«Non si sente bene?» chiese la regina al maggiordomo.

«Veramente, maestà, Rosetta è il ritratto della salute» replicò quello.

«E allora, perché tossite? È un modo per sfuggire l'esame?» chiese la regina direttamente alla ragazza.

Quella prima annuì, poi scosse la testa con vigore.

«Forza, sollevate le gonne, fate vedere i polpacci!»

Le ragazze lanciarono occhiate ansiose verso il maggiordomo, che in fin dei conti era il loro capo diretto. Chiamato in causa, l'uomo si sentì in dovere di rasparsi la gola.

«Sentiamo» disse brusca la regina.

«Vostra maestà, posso domandare a che scopo...?»

«No» lo tacitò la regina. «Non potete. Anzi, non dovete fare domande. Meno sapete e meno parlate e meglio è. Questo, sappiatelo...» E qui abbassò la voce fino a un sussurro e gli scoccò un'occhiata penetrante. «...è un segreto di Stato!»

Il maggiordomo strinse le labbra e si portò una mano al petto. Un segreto di Stato! Affidato a lui! Addirittura nella sua cucina! Gli si inumidirono gli occhi. Un onore così grande non lo avrebbe mai immaginato. Chinò la testa, arrossendo fino alla radice dei capelli.

Frattanto, la regina aveva scelto. Puntò il dito verso la rossa. «Siamo sicuri che non abbia una malattia? Rispondete voi stessa, voglio sentire la vostra voce.»

Il maggiordomo fece un cenno con il capo alla ragazza perché rispondesse. Lei si schiarì la gola e replicò in tono basso: «S-sto benissimo, maestà».

«Ripetete con un tono meno da topolino, avanti. Parlate.»

«Che-che... cosa devo dire?» chiese Rosetta, roteando gli occhi verso il maggiordomo. La regina non osava proprio guardarla anche perché, con quel monocolo sugli occhi, i capelli scompigliati e ritti sopra la testa, le sembrava uno di quei mostri che aveva visto nei baracconi della fiera, quelli dove si entrava per spaventarsi e strillare. Ma lì era per divertirsi, qui era paura allo stato puro.

«Pazienza. Non parlerete!» si arrese la regina. La ragazza aveva una voce fragile, ma era il meno. Per il resto, poteva andare. Così comandò con malagrazia: «Seguitemi. Avete vinto».

La ragazza sentì le lacrime salirle agli occhi, si portò una mano alla bocca per non urlare. Aveva vinto! Già, ma cosa?

11

Non c'era molto tempo. La regina afferrò la cameriera per una mano e la trascinò su per la scala interna riservata alla servitù, una scala a chiocciola nascosta dentro lo spessore delle mura del castello, che portava dalle cucine su verso i saloni fino al piano delle camere reali.

L'alba stava sorgendo e ancora nessuno nel palazzo si era alzato. Non si erano ancora svegliate le sue dame di compagnia, né il ciambellano di corte, nessuno dei dignitari. Insomma: nessun testimone scomodo. Era stato un blitz perfetto, si rallegrò la regina, sgattaiolando dentro le stanze del principe, con la ragazza appresso.

Si diresse subito nel gabinetto del guardaroba e ordinò alla cameriera di togliersi gli abiti. Anzi, per fare prima, si adoperò a strappare la camicia e la gonna di canapa, con furia. Poi, come si fossero invertiti i ruoli, lei regina che non infilava da sola neppure un guanto, aiutò la ragazza a indossare una camicia di seta, pantaloni di morbidissimo velluto, un gilet di broccato.

Nel servire la ragazza, la regina cambiò espressione. Finora era stata una maschera di rabbia, ma appena prese in mano gli abiti del figlio e li aggiustò sulla cameriera, i lineamenti si rilassarono, gli occhi si inumidirono, e i gesti si fecero più dolci, lisciando le belle stoffe. Ma quando poi si allontanò per osservare l'effetto d'insieme, la regina riprese l'espressione corrucciata. Gli occhi lanciarono lampi furiosi e si mise di nuovo a sbraitare: «Sta' dritta, insomma! Non tenere i piedi in dentro! Allarga le spalle!»

Gli abiti non aderivano perfettamente come al corpo del principe. Ci sarebbe mancato! D'altra parte, questa era una ragazza. In più, una sempliciotta, una cameriera. Ma alla regina serviva una ragazza, una sosia e non un sosia, come aveva intuito il re.

Un ragazzo sarebbe stato troppo rozzo. Mani grosse, piedi enormi. E poi ombra di barba o di baffi, capelli ispidi, sopracciglia cespugliose, brufoli… Aveva osservato gli stallieri, i servi in cucina: un ragazzo non era proprio il caso. Ma una fanciulla, invece, aveva più grazia naturale, che poteva avvicinarsi a quella principesca, capelli lunghi che si potevano tagliare alla giusta altezza dei boccoli reali, un viso liscio, bocca morbida, sopracciglia sottili, ciglia lunghe. Era più malleabile, più docile, più facile da truccare, da vestire.

Certo, bisognava lavorarci un po', pensò la regina osservando allo specchio la figura della cameriera in abiti da principe che pendevano sulle spalle, tiravano sul petto. Dipendeva anche molto dalla postura: la ragazza se ne stava ingobbita, tremante, continuava a roteare gli occhi come una matta e a respirare a fatica. Avrebbe avuto bisogno di lezioni di portamento, ma non c'era poi così tanto tempo!

«Ascoltami bene» disse la regina, avvicinandosi. La ragazza sembrava sul punto di svenire e lei la afferrò per le spalle. Decise di cambiare tono e si dipinse sulla faccia un sorriso falso, usò una voce zuccherosa: «Vedi, cara, ti sto per affidare un immenso onore. Tu sei la mia prescelta, sei perfetta per essere al mio fianco, per vivere una giornata indimenticabile e forse per continuare questo privilegio ancora per molto».

La ragazza ascoltava, con la testa che le girava. Ogni tanto lanciava occhiate alla sua immagine allo specchio. A dir la verità le pareva di essere uno spaventapasseri con abiti dorati addosso, ma se la regina le diceva che era perfetta, aveva di sicuro ragione lei.

«Ti offro l'occasione, anzi l'esclusivo onore di essere una figura reale. Non mi deludere, sono certa che sarai all'altezza, devi metterci un po' di disciplina e di volontà.»

La ragazza annuì. Una figura reale! Ma stava davvero accadendo a lei o era un sogno?

«Quello che ti chiedo, il nostro segreto, è di indossare gli abiti del principe, muoverti come il principe, essere il principe!»

La cameriera sgranò gli occhi, spalancò la bocca, ma non urlò. Dalla gola le uscì un suono soffocato. Essere il principe? Ma lei, veramente, avrebbe voluto essere, casomai, principessa.

12

Quella sera giunse a palazzo, chiuso in una carrozza blindata nella massima segretezza, un nuovo dignitario. Sembrava arrivasse da molto lontano, chiamato a corte dai re per la speciale occasione del compleanno del principe. Nessuno ebbe modo di vederlo in faccia, perché dalla carrozza scese una figura ammantata, con il volto nascosto da una maschera sotto un cappello a larga falda. Nessuno poté scambiarvi due parole, neppure il ciambellano, perché l'uomo fu introdotto direttamente nelle stanze riservate ai reali da cui non uscì più.

D'altra parte, quell'uomo era in missione segreta. Ufficialmente, aveva il delicatissimo incarico di occuparsi di tutti i dettagli della festa principesca, che non dovevano essere divulgati né conosciuti neppure dai più fidi consiglieri, nemmeno dai valletti preposti alle cure personali del principe. Anzi, da quel momento in poi, tutti furono esclusi dalle stanze dell'erede al trono.

In segreto, l'uomo, che fu chiamato Reale Esperto del compleanno, aveva una missione più delicata: costruire il sosia perfetto del principe.

Rosetta aveva ordine di non uscire, ed era rimasta tutto il giorno nel guardaroba. Abituata a sfaccendare dalla mattina alla sera, quasi diventava matta senza far nulla. Sarà stata anche una grande occasione, quella, ma a lei pareva una specie di condanna alla prigione. Chiusa lì in quella stanza, con l'aria stantia, tra migliaia di abiti di mille colori, dalle splendide stoffe, tra scarpe con il tacco, parrucche, prese a un certo punto a provarsi quei begli abiti, a pavoneggiarsi davanti allo specchio con i mantelli di velluto.

Ma la giornata si allungava lentissima, Rosetta non aveva neppure mangiato, sembrava si fossero scordati di lei, chiusa tra quelle quattro pareti senza finestre, e così le prese la disperazione. Lasciò per terra abiti e stoffe preziose, e le scarpe che le stavano troppo larghe. Si mise a piangere, si assopì e si svegliò sentendo una chiave girare nella toppa. La regina e un uomo avvolto in un manto scuro dalla testa ai piedi la fissarono. Rosetta si sprofondò in un inchino, non sapeva se più spaventata o sorpresa. Lei, quell'uomo lo conosceva, eccome!

Cosa ci faceva lì, accanto alla regina, un teatrante della fiera?

Rosetta era sicurissima, non si sbagliava, anche perché lo aveva visto all'opera proprio la domenica precedente, nel palco della piazzetta del villaggio. Si poteva dire che sapeva fare spettacolo, quel tizio: passando dietro un paravento, in pochi secondi ne usciva vestito da cavaliere, poi tornava dietro il paravento e usciva vestito da donna.

Rosetta non ebbe il tempo né il modo per parlare. La regina l'aggredì, furiosa nel trovare il caos nel guardaroba e lei addormentata.

Il Reale Esperto del compleanno, nel frattempo, la esaminò da capo a piedi con occhio clinico e riuscì a placare la regina spiegandole come sarebbe intervenuto su Rosetta: «I capelli li accorciamo un po' e li rendiamo più morbidi sul viso, così nascondiamo un po' le guance, sono leggermente più tonde, naturalmente metteremo un po' di fondotinta e il fard, sotto le luci non si noterà il trucco, poi le faremo indossare un cappello un po' floscio, che getta un'ombra sugli occhi, ci penserò io ad allungare un tantino il taglio...»

La regina si bevve ogni parola, estasiata. Poi dichiarò: «Vi lascio carta bianca, maestro».

Maestro?, pensò Rosetta. Ma cos'era successo, nel mondo? Un teatrante diventava maestro, una cameriera principe... Non sarà stato un tremendo incubo da cui prima o poi si sarebbe svegliata? O non era magari uno scherzo per far divertire il principe, che aveva sempre quell'aria tristanzuola? Intanto però, sembrava la volessero far morir di fame, perché non c'era stato pranzo né cena, e la regina, dimentica che anche le cameriere mangiano, richiuse la porta alle sue spalle, confabulando con il buffone della fiera.

13

La mattina dopo, la porta del guardaroba si aprì alle cinque. Rosetta era già sveglia, un po' per abitudine, un po' per i morsi della fame. Il buffone della fiera entrò, stavolta abbigliato con un lungo grembiule bianco e una cuffia in testa, come un cuoco.

La regina non c'era, per cui Rosetta osò parlare: «Che volete?»

«Dobbiamo metterci al lavoro, cara» disse lui, in tono mieloso. Le prese la mano con delicatezza e la condusse nel bagno del principe, dove la fece sedere su un panchetto davanti a un tavolo stracolmo di bottigliette, barattoli, colori e pennelli. Sembrava la tavolozza di un pittore.

L'uomo le avvolse il corpo in un telone, le legò i capelli, le fece chiudere gli occhi e iniziò a strofinarle il viso, poi le spalmò una crema, le inumidì le guance con una spugna, le applicò un'altra crema, le passò pennelli sulle guance, matite sugli occhi, sulle sopracciglia, sulle labbra, le applicò un neo finto sulla guancia sinistra, e ancora a spennellare, ritoccare, finché le ordinò di aprire gli occhi.

Allo specchio, Rosetta a malapena si riconobbe: era diventata un'altra, con occhi allungati, labbra più piene, guance più affilate. Persino il naso pareva più lungo e dritto.

Il Reale Esperto le sciolse i capelli, poi svolse un rotolo di stoffa che conteneva una decina di forbici di varie grandezze. Prese le più grandi e affilate e con quelle, *zac*, tagliò la lunga chioma rosso-bionda, che scivolò a terra come una lingua di fuoco e lì si spense. Rosetta emise un grido di dolore, si lanciò a terra per raccogliere i suoi bei capelli e li strinse nelle mani.

Il Reale Esperto scosse la testa, spietato e le raccomandò svelto: «Non azzardarti a piangere, mi rovini il lavoro di ore! Se proprio ci tieni a quella coda da ronzino, ecco, tieni, legala con un nastro». Le porse un nastro rosso con cui Rosetta intrecciò la sua chioma recisa, stringendola poi al petto come un fiore. Intanto, l'uomo continuava a sfoltire i capelli con forbici sempre più piccole, spazzolò fino a gonfiare le punte sul collo, arricciò le ciocche sulla fronte e sulle guance. Ormai, lo specchio mostrava una faccia completamente diversa.

«Prova qualche espressione, per favore, sorridi, solleva un po' il sopracciglio, socchiudi gli occhi...» le disse il Reale Esperto.

Rosetta ubbidì. Che strano! Le pareva di essere nascosta dietro una maschera che obbediva ai suoi comandi. Provò una smorfia, ma il Reale Esperto si alterò: «Ah, no! Non provarci! Il trucco si sciupa se esageri con la mimica facciale. Devi stare composta! Dio, che fatica con queste dilettanti!»

Con un gesto brusco della mano, le tolse il telone di dosso e si occupò di modificare la figura della ragazza. La fece alzare in piedi, dritta e le imbottì le spalle con garze ripiene di seta pressata, poi le strinse il busto in un corsetto dritto e rigido che le appiattiva il torso. Quindi le fasciò le gambe. Nel frattempo, non aveva smesso un minuto di parlare, spiegandole passo per passo quel che stava facendo e anche perché.

«Bisogna riempire queste spallucce da uccellino, mi raccomando stai ferma, sta' dritta… Ti darei un consiglio, cara. Mangia meno burro, ti va tutto sulle cosce, vedi, bisogna fasciare un po' per assottigliarle… Speriamo bene con i pantaloni, ci dovremmo essere, ma non si sa mai…»

Alla fine di questa lunga preparazione, il Reale Esperto apparve stremato. Si sedette per qualche istante su una sedia, sorseggiò un bicchiere di vino e osservò la figura di Rosetta che pareva un manichino. Anche lei aveva sete, si sentiva soffocare in quell'imbracatura e avrebbe volentieri bevuto un goccio di vino, ma se ne guardò bene dal parlare. Temeva che il corsetto sarebbe scoppiato.

Finito di sorseggiare il vino, il Reale Esperto la riaccompagnò al guardaroba. Rosetta respirava a fatica e camminava con una certa rigidità, le sembrava di essere diventata una marionetta.

Ciarlando in continuazione, il Reale Esperto la vestì con la massima cura, dopo averle fatto provare un capo via l'altro, senza tregua. «Questo mi pare penda da una parte, questo invece è troppo aderente, girati un po', piegati, inchinati… Questo potrebbe andare, vediamo l'effetto con il pantalone…»

Alla fine di queste prove estenuanti, pareva che Rosetta fosse pronta. Indossava un abito di broccato verde, con un'elegantissima giacca di tre quarti, da cui usciva il collo a sbuffo della camicia e le lunghe trine dei polsini. Il Reale Esperto le dette un bastone su cui poggiare la mano, mostrò come stare impettita, immobile, davanti al lungo specchio. Rosetta, osservando il suo riflesso, fu colpita dalla somiglianza con il principe o, meglio, con il ritratto del principe appeso nel salone del palazzo. Lo specchio aveva una cornice dorata, simile a quella del quadro, così pareva proprio che la ragazza fosse diventata questo: un ritratto vivente.

L'esperto andò a chiamare la regina che non stava più nella pelle per la curiosità e si precipitò ansiosa verso il guardaroba. Entrando, restò di stucco. Si portò la mano alla bocca, esclamando: «Dedé!» Poi commossa, stupita, estasiata, si rivolse al Reale Esperto, allungando una mano per afferrare quella di lui: «È perfetto! Siete un mago!» esclamò con voce colma di ammirazione.

«Lo so, maestà» ribatté lui.

«Avete ragione, siete un genio!» si corresse lei. Alla parola genio, il Reale Esperto si chinò a baciare la mano della regina.

Ma a quel punto, Rosetta svenne per la fame.

14

Il giorno del suo compleanno, Dedé si alzò, si vestì di tutto punto, come al solito andò a salutare mammà, poi fece colazione con la regina e il re. Si affacciò al balcone del castello e salutò la folla già riunita la mattina per festeggiarlo. Poi spalancò la bocca in un gran sbadiglio.

Svelta, la regina lo fece accompagnare nella sua camera da letto, dove Dedé si addormentò circondato dai suoi pupazzi di peluche preferiti, quelli che poi gli facevano compagnia nei sogni. Era così stanco, che sperò di dormire per un secolo intero!

Mentre Dedé sprofondava nella sua nuvoletta dorata, fra i suoi bamboccioni, il Reale Esperto e la regina prelevarono Rosetta già pronta dall'alba, vestita e pettinata allo stesso modo del principe, un po' rigida nell'incedere, ma dritta, impettita, perfetta a vedersi. In tre giorni, la cameriera si era davvero trasformata, grazie alle ore incessanti di prove. In fondo, come le aveva raccomandato il buffone della fiera, doveva limitarsi a camminare con lentezza, inchinarsi, sorridere poco, per non sciupare il trucco.

«D'altra parte» le disse a bassa voce, in tono malizioso «si sa che il principe ha un'aria... sognante, o per meglio dire poco sveglia!»

Dal momento che le sarebbe stato impossibile usare il tono baritonale del principe, e imitare il suo modo affettato di esprimersi, Rosetta doveva rimanere muta. La regina e l'esperto avevano già macchinato per un improvviso calo di voce, dovuto all'emozione, alla stanchezza, a un colpo d'aria.

Al pranzo reale, il principe sorprese per il suo buon appetito, lui che al solito rifiutava quasi tutte le portate. Invece, la regina che di solito cercava di incoraggiarlo ad assaggiare, stavolta pareva frenarlo, preoccupata, a quanto pareva, per l'abito che in effetti cadeva a pennello sulla figura snella e ben disegnata del ragazzo. Il quale, si dicevano le dame, pareva anche più in forma di sempre, con quelle belle spalle squadrate, quel busto largo, senza un filo di pancia, con le lunghe gambe perfette nello stivale alto! E poi si diceva che non facesse sport, non andasse neppure a cavallo! Con un fisico del genere, chissà quanta palestra, chissà che preparazione atletica... E poi quell'appetito, e il colorito vivace, gli occhi scintillanti... meno male che dicevano fosse un dormiglione!

La delusione maggiore per tutte le dame però fu il gran ballo, perché il principe, bello come il sole sotto le luci sfolgoranti della sala, rimase seduto nella sua poltroncina a sorridere e annuire, salutare, inchinarsi, ma non ballò con nessuna, neppure con sua madre. Eppure, muoveva ogni tanto il piede o la mano, e guardava con occhio avido il vorticare dei danzatori.

Insomma, si capiva benissimo che era un leone in gabbia, trattenuto a forza da quell'arpia della madre, la regina, che lo trattava ancora come un bambino, un bamboccione. Poverino, aveva anche perso la voce, chissà quanto aveva gridato per imporsi, chissà che stress. O magari non voleva parlare per protesta contro i suoi genitori che, francamente, chiacchieravano fin troppo, ed erano così presuntuosi, capirai, e pure permalosi. Così commentavano le signore, e anche i signori alla gran festa di compleanno.

Il principe era pronto al balzo, si vedeva, e chissà che balzo sarebbe stato.

15

All'alba, più o meno nell'ora in cui era abituata a svegliarsi per iniziare a lavorare, Rosetta rientrò nella stanza del guardaroba. Stranamente, non era stanca. Tutto quel buon cibo, la musica, le luci, i fuochi artificiali, quella magnifica festa che, se fosse rimasta cameriera, non avrebbe visto che di straforo, lavorando come una matta in cucina, l'avevano eccitata. In più, la tensione di rimanere sempre dritta, impettita, silenziosa, ora si era allentata e le era passata ogni briciola di sonno.

Il guardaroba non era certo il luogo più adatto dove stare, le pareva una gabbia dove rimanere chiusa chissà per quanto. Aveva bisogno di uscire, magari di respirare aria fresca. Aveva bisogno di muoversi, sgranchirsi un po'. E se fosse uscita? In fondo, era il principe e poteva fare quel che le pareva. Oltretutto, aveva compiuto diciotto anni, no? Chi avrebbe osato impedirle di andare in giardino? O salire su una carrozza? E magari filarsela? Rosetta prese in seria considerazione la fuga. Quanto avrebbe potuto andare avanti quella recita? Finché il vero principe non si fosse svegliato? E se non si svegliava proprio? In fondo, stava dormendo dal giorno prima, quello magari sarebbe andato avanti per cent'anni.

Rosetta cercò di aprire la porta del guardaroba, ma era chiusa a chiave. Non le restava che bussare all'altra porta, quella che dava direttamente nella stanza del principe, non fosse mai che quel dormiglione si fosse finalmente ridestato. Bussò ripetutamente, bussò e scalciò, finché non si sentì una voce roca dall'altra parte: «Chi va là?»

«Sono io» rispose lei, in tono sostenuto.

«Io chi?» chiese di nuovo la voce, stavolta meno assonnata di prima.

«Il principe, avanti, aprite!» ordinò Rosetta.

«Il principe sono io!» ribatté stizzita la voce, ora più vicina alla porta che si aprì di colpo.

«E anche io!» ribatté Rosetta, spudorata, fronteggiando il principe con espressione di sfida, a mento alto.

Il ragazzo sgranò gli occhi, come fulminato. Davanti a sé c'era il suo ritratto, come se la figura dipinta nel quadro attaccato sopra al camino si fosse animata e fosse venuta fin sulla soglia della sua camera. Non sarà stato uno scherzo della fantasia? Riuscì a malapena a balbettare: «Ma voi… ma cosa… Sto sognando? Che sogno è questo?»

«Il peggiore. Questa è la realtà» disse Rosetta, entrando nella stanza a grandi falcate. Dunque era questa la camera dell'erede: pupazzoni sul letto, abiti per terra, odore di chiuso… Si affrettò ad aprire la finestra, per fare entrare l'aria fresca del primo mattino e fugare ogni dubbio di sogno in atto.

«Che freddo!» rabbrividì il vero principe.

«Torna a letto, cocco» disse il falso principe, sempre più sicuro di sé. «Io ho da fare.»

«Ma tu chi sei?» chiese il vero principe, confuso.

Rosetta lo osservò. Che peccato che fosse così lento, aveva una voce bella e melodiosa, e anche in quella ridicola camicia da notte aveva un certo fascino. Si vedeva, insomma, che era un principe. «Sono…uno che ti somiglia.»

Il principe squadrò il suo doppio con aria critica. «Mah. Ora, proprio somigliare… Intanto non sei alto come me, mi pare… E poi, io non mi metto mai tutto quel cerone in faccia. E non ho le spalle così squadrate, da lottatore. E ho le gambe più magre.»

«Però. Che occhio di falco, per uno che dorme in piedi» lo provocò Rosetta, sfrontata.

«Come ti permetti?» s'inalberò il principe, le guance che prendevano fuoco. «Chi sei, per parlarmi così?»

«Ma sai che sei più carino, con un po' di colore in faccia, ti si notano di più gli occhi» commentò Rosetta, per nulla intimorita.

«Bada a come parli, impostore!» la minacciò il principe.

«Perché? Cosa fai? Chiami mammà?» ribatté lei chinando la testa e avvicinandosi.

Il principe allungò le mani e fece per afferrare Rosetta alla gola, ma la ragazza era abituata alle baruffe con le altre ragazze e anticipò la mossa, gli afferrò le mani, e per un po' rotearono le braccia, con le dita avvinghiate. Il principe cercò di darle un calcio, ma lei gli fece uno sgambetto e alla fine rotolarono sul tappeto morbidissimo, lottando in silenzio.

Rosetta, allenata dal duro lavoro, era più forte del principe, piuttosto giù d'esercizio per tutto quel sonnecchiare. Presto riuscì a immobilizzarlo e gli sibilò in un orecchio: «Se non vuoi che ti imbavagli e ti leghi, prometti di stare zitto».

«Che vuoi farmi?» chiese il principe con voce tremante.

«Niente, me ne vado. Mi sono divertita abbastanza» disse Rosetta. La lotta le aveva sciupato il trucco, e il principe la fissava, ora che erano viso a viso.

«Aspetta. Ma chi sei? Voglio saperlo!»

Rosetta si staccò da lui e si sollevò. Sferzò l'aria con una mano come se scacciasse un insetto e disse: «Lascia perdere, Dedé» calcando su quel nomignolo.

Il principe balzò in piedi, con energia inaspettata e le afferrò un polso. «Desiderio, questo è il mio nome. E tu non vai da nessuna parte senza di me.» Poi l'attirò a sé e la baciò.

Insomma, si può dire che si era svegliato, eccome!

Molto più tardi, quel giorno, la regina andò a vedere come stava suo figlio, se fosse ancora dolcemente addormentato. Ma quando entrò nella stanza, la trovò vuota, in disordine, con la finestra spalancata e vestiti dappertutto. Sconvolta, in ansia, si precipitò al guardaroba e anche quello lo trovò deserto, con gli abiti sparpagliati. Sul cuscino candido del canapè dove aveva dormito Rosetta, giaceva il lungo ciuffo della chioma tagliata, legata con un nastro. A prima vista pareva proprio una lingua di fuoco, una fiamma accesa sul cuscino.

Le due Cenerentole

Tutte le bambine sono indipendenti

A Mariapaola che mi ha ispirato la storia.
A Maria Cristina, lei sa perché.

1

C'era una volta una piccola principessa. Anzi, no. Presto nacque una sorellina. Dunque, c'erano una volta due principessine.

Erano belle e buone, e facevano la gioia del re.

Non si può dire altrettanto della regina che non era affatto buona e non era neppure una madre. Era invece una matrigna e non aveva molta simpatia per le bambine in generale. Non si faceva alcuno scrupolo, difatti, a dichiarare che preferiva i maschietti. Ma le erano toccate quelle due bambine e doveva accontentarsi, se voleva essere la sposa del re. E siccome l'idea di essere regina le piaceva moltissimo, all'inizio sopportò di dividere il palazzo reale con due principessine.

Un bellissimo giorno per la regina e un giorno meno bello per le principesse, nacque finalmente un bambino. Da principio, però, le principesse non immaginarono che quel giorno avrebbe cambiato la loro vita. Furono felici per la nascita del loro fratellino.

Anche se, a dir la verità, non era poi così carino come avevano sognato. Era un neonato grande e grosso, con lo sguardo arrabbiato, che non sorrideva mai. Così piccolo, già comandava in casa con quegli occhiacci torvi. Anziché strillare, come tutti i bebè, emetteva un suono profondo, come un brontolio di un lupo.

La regina ne era letteralmente estasiata e non faceva che decantare le virtù del figlio: «Appena nato, pesa come un bambino di un anno!» diceva vantandosi. «Ed è forte come un toro! E poi, non piange mai. Non come quelle pesti di bambine, sempre a cacciare urli per niente, a lamentarsi di tutto.»

Anche il re era deliziato dal suo unico maschio. «Il mio erede!» diceva, orgoglioso.

«E noi due che siamo?» si dicevano l'una con l'altra le due principesse, disorientate. Fino allora, di eredità non aveva mai parlato nessuno, così loro non avevano mai fatto caso a differenze di valore.

«Signor padre, perché dite che il principino è l'erede?» chiesero infine un giorno al loro papà.

Lui spiegò: «Perché è il primo maschio».

Le principesse si guardarono senza capire che cosa significasse. «Be', Sole è la prima femmina» disse la principessa più piccola, un po' preoccupata. Pensava che questa faccenda di essere primi significasse qualcosa che la sminuiva. Lei era la seconda figlia!

«Voi siete le mie due perle» rispose papà, rimettendole subito insieme, sullo stesso piano. Non erano né prima né seconda femmina, loro, ma due perle, quindi identiche!

«E il fratellino, allora?» chiese la principessa più grande che, chiamandosi Sole, non gradiva molto il fatto di essere di colpo messa in ombra dal nuovo arrivato.

«Il fratellino è l'erede. Questa è la legge» rispose stavolta serio il papà.

«Che legge?» chiese la seconda principessa che si chiamava Luna. Anche lei non gradiva essere messa in ombra addirittura da una sconosciuta e impertinente legge.

«La nostra legge, che c'è da secoli» tagliò corto il re. «Il regno è ereditato dai maschi.»

«E le femmine?» chiesero in coro le due principesse, che fino ad allora non si erano fatte mai domande del genere. Erano principesse e tutti le servivano e riverivano e le trattavano con molto rispetto. Inoltre, chiamandosi Sole e Luna, non erano mai state gelose l'una dell'altra, perché avevano i nomi degli astri più importanti che si dividevano il cielo di giorno e di notte, illuminando a turno la Terra. Il fratellino, invece, era stato chiamato Cosmo, come il padre e come il nonno e come il bisnonno, tanto che dopo il nome avevano dovuto mettere un numero, che era 6. Non era bello avere per nome un numero.

«Le femmine sono le sorelle del re e di solito sposano principi o re, così diventano regine, come la vostra matrigna.»

«Ah» commentarono le due principessine, deluse. Non era proprio uguale nascere già re o diventarlo soltanto se ci si sposava. Insomma, diventare regine solo per interposta persona.

2

Dopo qualche tempo, anzi dopo pochissimo tempo, vi furono grandi cambiamenti.

Fino allora, le principesse avevano una stanza ciascuna nel palazzo reale: una con disegnato sul soffitto un gran sole e il cielo bianco, l'altra con la luna piena in un cielo blu.

Nella camera di Sole c'era una vetrina di noce, alta fin quasi al soffitto con dentro i suoi libri preferiti. In quella di Luna c'era un armadio con sei sportelli per i suoi giochi, i vestiti in maschera, le bambole e i peluche.

Inoltre, le due sorelle potevano andare e venire a piacere in ogni sala. Luna suonava il pianoforte nello studio dabbasso, mentre Sole passava molto tempo nella biblioteca del palazzo.

Presto, però, per ordine della regina, Sole e Luna furono riunite in un'unica camera, perché la stanza di Sole divenne quella del principino. Anzi, il sole raffigurato sul soffitto fu trasformato da un pittore chiamato a tal proposito, nel faccione rotondo di Numero Sei, e intorno, al posto dei raggi, furono incise in oro le lettere del suo nome.

Le due principesse rimasero a bocca aperta nel vedere un cambiamento così radicale, ma non protestarono.

«Be', meglio così» disse Sole alla sorella per consolare se stessa e l'altra. «Almeno potremo stare più vicine e la sera chiacchierare fin quando ci piace, senza che una debba andarsene nell'altra camera a dormire.»

E così andò. Con i due letti vicini, le principesse passavano ore nella notte a ridere e chiacchierare, senza che nessuno le disturbasse.

La matrigna aveva ben altro da pensare. Stava infatti già macchinando come sfrattare le due bambine anche dalla camera di Luna. Poi, ebbe l'idea giusta: il principino aveva bisogno di una stanza per il corredo indispensabile a un vero maschio come le armi, i frustini, le mazze, e una serie innumerevole di attrezzi sportivi.

«Le bambine hanno bisogno di meno spazio, si sa...» osservava la matrigna usando una voce dolce con il re, per convincerlo. «Che bisogno c'è di una stanza così grande? Basta e avanza la cameretta a piano terra.»

Insomma, parla oggi parla domani, nel giro di pochi mesi la camera di Luna fu adibita a palestra e deposito degli oggetti di Numero Sei. La sfera bianca sul soffitto fu riempita di cerchi concentrici e divenne il bersaglio per le freccette.

Le due principesse finirono così al piano inferiore, nella parte riservata alla servitù e subito dopo non fu più loro permesso di aggirarsi al piano superiore del palazzo, per non disturbare il fratellino e la matrigna. D'altronde non avevano nulla da fare lassù, se non ficcare il naso negli affari altrui, disse la matrigna e aggiunse: «Le bambine sono curiose e maligne. Bisogna stroncare questa loro brutta inclinazione».

A poco a poco, le principesse non poterono entrare più nel salotto, dove la matrigna riceveva le sue amiche e neppure nel salottino dov'era il pianoforte. Anzi, il pianoforte, che Luna suonava, fu chiuso a chiave, sempre per non infastidire il principino che aveva il sonno leggero. E la biblioteca, dove Sole passava le ore, fu sbarrata, con la scusa che il principino era allergico alla polvere dei volumi.

Insomma, alla fine, l'unico luogo dove le due principesse poterono ritirarsi e stare in santa pace fu la cucina, vicino al focolare.

Da quel momento, persero anche i loro veri nomi e furono chiamate entrambe Cenerentola. Per distinguerle, la più grande fu chiamata Prima Cenerentola e la più piccola Seconda Cenerentola.

3

Passarono gli anni. Nessuno più ricordava i veri nomi delle due Cenerentole, e neppure il loro rango di principesse.

Il re, nel frattempo, era partito lontano per una delle guerre che impegnavano i re per molti anni. La matrigna perciò spadroneggiava liberamente nel palazzo, dettando le sue personali regole.

La Prima Cenerentola era diventata una ragazza studiosa, che amava leggere e scrivere e passava il tempo sui libri, che riusciva a prendere sgattaiolando in biblioteca quando era aperta o chiedendo a qualcuno della servitù di portarglieli.

Ogni tanto, capitava che la regina irrompesse in cucina e sorprendesse la principessa intenta a leggere un libro. «Che stai facendo, Prima Cenerentola?» chiedeva con rabbia.

«Sto studiando, maestà.» Nel frattempo, le due principesse erano state costrette a rivolgersi alla loro matrigna con "maestà".

«Stai studiando? E a che ti serve?» ribatteva allora la regina, con sarcasmo. «Non lo sai che studiare fa male? Che chi sa troppo è infelice?»

«Non saprei, maestà» replicava diplomaticamente la Prima Cenerentola, con un filo di voce.

«Ma sì che lo sai, non fare la furba! Peggio per te, vuol dire che sarai sempre infelice! Studia, studia, e te ne accorgerai!» rideva malvagia la matrigna, e se ne andava sbattendo la porta.

La principessa fissava il fuoco e sentiva le lacrime spuntarle dagli occhi. «Davvero se continuerò a studiare e leggere diventerò infelice?» si domandava. Ma subito si consolava pensando a quante storie meravigliose conosceva, a quanto i libri la emozionavano e le facevano compagnia e le mostravano tante diverse possibilità. Come poteva diventare infelice quando i libri le insegnavano tante cose? E poi, a dirla tutta, infelice era adesso, sfrattata dal suo palazzo, comandata a bacchetta dal fratello e dalla matrigna, prigioniera in cucina, con l'unica compagnia della sorella. Così, scrollava la testa e, dimenticando le brutte parole della regina, ricominciava a studiare.

4

La Seconda Cenerentola era una ragazza curiosa e allegra. Le piaceva suonare, ballare, recitare, travestirsi. Adorava gli abiti, ma ovviamente la matrigna le negava qualsiasi abbigliamento, figurarsi alla moda, e con perfidia le portava in cucina straccetti da poco che la Seconda Cenerentola cuciva, aggiustava e combinava in modi molto originali.

La regina, rosa dall'invidia per l'abilità della ragazza, le diceva: «Almeno tua sorella studia. Tu invece sprechi il tempo con gli stracci, e ti conci in modo ridicolo».

«Credete, maestà? Se mi comperaste un vero abito da principessa, però, vi prometto che indosserei quello e non vi farei sfigurare» rispondeva astuta la ragazza, ma la matrigna non si faceva ingannare e, anzi, replicava velenosa: «Un abito da principessa? Sei matta? Tu sei Cenerentola, e neppure la Prima ma la Seconda. Non sei graziosa, non sai fare niente, anzi, sai cosa ti dico? Sei soltanto una guastamestieri».

«Quali mestieri avrei guastato?» chiedeva la ragazza, sconcertata.

«Non sei ordinata, non sai cucinare, né lavare, né stirare. Non sei utile, non so neppure perché ancora ti tengo in casa mia. Sai una cosa? Sarà meglio che ti trovi un lavoro o magari un marito. Sono stufa di mantenerti qui a bighellonare!»

Anche la Seconda Cenerentola fissava smarrita il fuoco, e sentiva pizzicarle il naso, pronta a scoppiare in lacrime. Ma poi pensava che la vera guastamestieri era la matrigna che non sapeva suonare, né ballare bene, non aveva gusto né eleganza e quando usciva per andare a teatro, per il suo dovere di regina, rientrava sempre presto fingendo il mal di testa, perché il teatro la annoiava.

Oltretutto, anche le cameriere si lamentavano perché la regina era una pessima padrona di casa e non aveva mai le idee chiare sul lavoro da svolgere e alla fine se la prendeva sempre con i servitori, colpevoli di non saper fare da soli.

Così, le due sorelle commentavano tra loro che non c'era da prendersela. La regina era invidiosa, sciocca e presuntuosa. Con persone del genere non bisognava soccombere, credendo alle loro accuse o alle loro minacce. Era meglio lasciarle perdere, chiudendo le orecchie ai loro discorsi.

5

Intanto, il principe Cosmo Numero Sei era cresciuto ed era diventato ancor più grande e grosso, pesava quasi cento chili e mangiava come un leone. Era un grande cacciatore, questo sì. Quando si avventurava nei boschi intorno al castello, rientrava con carri zeppi di animali di ogni genere e taglia. Le teste di cervi, le pelli degli orsi, finirono per arredare quasi tutto il palazzo reale, con grande orgoglio della regina, che sfoggiava collane e bracciali fatti con le zanne dei cinghiali.

Se non cacciava, Numero Sei giocava a pallone nel campo che era stato costruito radendo al suolo metà del bellissimo giardino delle rose.

«In fondo, sono soltanto arbusti pieni di spine» aveva detto, con la sua voce tonante, e la regina era scoppiata a ridere, commentando: «Non è un uomo pratico? Via il superfluo! E poi tutte quelle rose costano un occhio di giardiniere».

Non che il campo da calcio non avesse bisogno di cure, anzi: doveva essere innaffiato e tenuto sempre raso, come un tappeto verde brillante. Inoltre, per poter divertire il principe, c'era bisogno di un allenatore, un massaggiatore, un preparatore atletico, gli arbitri, e una squadra intera, perché Cosmo, benché si chiamasse Sei, era uno solo e da solo non poteva certo fare una partita.

A conti fatti, come aveva scoperto Luna, tutta quella massa costava assai di più del giardiniere e delle bellissime rose che oltre a essere silenziose e illuminare il giardino con colori delicati, spandevano un profumo delizioso, a differenza dell'odore di lotta, sudore, rabbia e spogliatoio della squadra di Numero Sei.

Il quale, se si toglievano le sue qualità sportive e fisiche, si dimostrava una vera capra negli studi, benché la regina pagasse profumatamente insegnanti privati per la sua educazione. Convinto com'era che presto o tardi sarebbe comunque divenuto re, non si prendeva la briga di imparare qualcosa, o quanto meno di migliorare il suo brutto carattere che, negli anni, era peggiorato.

Con una pelle di orso o di cinghiale sulle spalle, si aggirava per le stanze del palazzo sbraitando con i servi, sempre che non si ubriacasse con i compagni di gioco e mettesse a soqquadro i saloni.

In più, comandava le sorelle a bacchetta, senza alcun rispetto per il loro ruolo, di cui si era facilmente dimenticato.

«Prima Cenerentolaaaaa!» tuonava, irrompendo in cucina, dove Sole era china sui libri. «Me li hai fatti i compiti?»

«Certo, maestà!» rispondeva docile la prima sorella.

«E dove sono? Perché non li hai messi sul mio tavolo?»

«Sono qui, maestà. Aspettavo che voi chiamaste per farveli portare, come avevate ordinato.»

«Io avevo ordinato in questo modo? Non fare la furba con me!» strillava il principe, avvicinandosi minaccioso alla sorella. «Lo so che vuoi farmi sfigurare davanti al maestro.»

«Non ci penso neppure!» ribatteva offesa la Prima Cenerentola. Non era proprio il tipo da architettare simili trucchetti.

«Sarà meglio, cara sorella, se non vuoi che ti sbatta fuori di casa, a morire di fame e freddo.»

La Prima Cenerentola sosteneva lo sguardo di Numero Sei, ma il suo cuore batteva forte di angoscia. Via dal palazzo? Ma era anche casa sua! No, non poteva permetterlo!

Anche la Seconda Cenerentola era sempre ricattata dal dispotico fratello.

«Seconda Cenerentolaaa!» ordinava, stizzito. «Dov'è il mio costume di Carnevale? La festa inizia tra meno di un'ora e io non sono ancora pronto!»

«Eccolo, maestà, sto finendo il cappuccio.»

«Vediamo: cos'hai inventato stavolta?»

«Sarete l'imperatore dei numeri, come il vostro nome, Sei.»

«Cooosa? Sei… ma tu SEI matta! Alla festa si divertiranno tutti a chiedermi numeri, calcoli, operazioni. Vuoi farmi sfigurare? Vuoi farmi umiliare?»

«Neanche per sogno, maestà» si difendeva la seconda sorella che, a dire la verità, un po' invece ci aveva pensato a far canzonare quell'asino. Imperatore dei numeri e non sapeva neppure fare due più due.

«Come signore dei numeri non siete tenuto a conoscere i calcoli umani, ma a possedere formule segrete che gli altri devono sforzarsi a indovinare.»

«Ah, ecco, brava. Ora mi piace. Ma stai attenta, anche tu. Non pensare di menarmi per il naso, perché finisci per strada, a elemosinare!»

La Seconda Cenerentola incassava la minaccia con faccia impassibile, ma dentro di sé tremava tutta per l'ingiustizia.

Quando sarebbe finita quella tortura?

6

Un bel giorno, sembrò profilarsi una splendida occasione per le due Cenerentole. Arrivò infatti a palazzo l'invito a una festa del principe Della Rocca. Si diceva che il principe fosse molto bello e molto ricco, un ottimo partito insomma.

La matrigna e Cosmo Numero Sei cominciarono a tramare.

«Sarebbe un bel colpo se una delle tue sorelle sposasse il principe Della Rocca» osservò la matrigna. «Immagina che figurone, essere imparentati con i Della Rocca, e poi saremmo… cioè saresti il padrone assoluto, qui.»

«Non ci tocca farle una dote?» domandò lui, che per tutto quello che non riguardava se stesso e i suoi hobby era molto avaro.

«Certo» fece la matrigna con un sorrisetto maligno.

«Non intendo…» stava già protestando Numero Sei, ma la regina gli tappò la bocca: «La dote sarà la sorella! Non ti pare un'idea geniale?»

«Come sarebbe? Lui ne sposa una e gliene arriva un'altra in più?»

«Proprio così. Le due ragazze sono inseparabili, e poi non hanno alcun patrimonio, il padre è dato per disperso e finché non torna non si può stabilire l'entità dei loro averi... Che ne pensi?»

«Fossi in lui, non accetterei neanche morto» ribatté Numero Sei, scuotendo il capoccione.

«Ma tu sei molto più intelligente del principe Della Rocca. Quello, si dice che sia un po' toccato.»

«E se le Cenerentole non accettano?»

«Figurati. Verranno alla festa, se non vogliono finire in galera per lesa maestà.»

«Addirittura» scappò detto al principe.

E così fece la regina. Mandò giù in cucina il maggiordomo che comunicasse alle due sorelle l'obbligo a partecipare al gran ballo a palazzo Della Rocca. Per l'occasione, avrebbero avuto entrambe abiti da sera con tanto di accessori adeguati: gioielli, guanti, borse e scarpette.

«Ho l'impressione che la matrigna ci voglia far fuori. Ci porta al mercato, come due pecore, per trovare qualche compratore.»

«Peggio per lei. Se davvero dobbiamo andare al ballo, ci andremo a modo nostro» disse la Seconda Cenerentola, in tono battagliero.

Dagli abiti tagliò via pizzi e volant, li accorciò, li tinse nel paiolo sul focolare di un bel color blu profondo. Il blu oltremare era il suo colore preferito.

Dalle scarpe tagliò via la parte superiore, e la sostituì con laccetti decorati con cristalli. Di cristallo fece anche orecchini e bracciali. In testa, entrambe indossarono due cappellini a punta, ricavati da due zucche, e tinti anche questi di blu.

«Che meraviglia!» commentò la Prima Cenerentola, pavoneggiandosi allo specchio. «Sei un genio, sorella mia! Sembriamo due fate con abiti di pervinca e gioielli come rugiada.»

«Sembriamo quel che siamo: due ragazze che non stanno agli ordini della matrigna!» esclamò l'altra.

«Giusto. Due che hanno le loro idee.»

«E non hanno paura a mostrarle, non ti sembra?» aggiunse la sorella.

«Da qualche parte ho letto che il blu allontana il malocchio» osservò la prima, pensierosa, e la Seconda Cenerentola ribatté con fierezza: «Bene. Ne avremo bisogno. La matrigna ci lancerà addosso tutte le sue maledizioni! Ma il blu le manderà tutte indietro».

Così acconciate, le due sorelle si presentarono davanti alla carrozza reale.

«Aaaaah! Due streghe!» urlò il fratello. E appena si rese conto della figuraccia, divenne paonazzo e inveì: «Mamma, guardate queste pazze! Dite qualcosa!»

La matrigna era rimasta senza fiato per la sorpresa. Quelle due avevano davvero osato oltre ogni dire. Erano proprio irriconoscenti: con tutti i soldi che lei aveva speso per i loro vestiti! Ma invece di mostrarsi grate e magari un po' intimidite, invece di fare le piccole, dolci e indifese Cenerentole, eccole lì a sfidarla. Furiosa, strillò: «Ma dove credete di andare? Alla fiera dei maiali? Credete di far bella figura? Sembrate due spauracchi!»

Le due ragazze si scambiarono un'occhiata divertita e si fecero un inchino reciproco. Ai loro occhi, lo spauracchio sembrava piuttosto la matrigna, con quella parrucca a forma di covone sulla testa. E Cosmo, allora? Con il suo cattivo gusto, indossava una ridicola divisa rosso fuoco che lo faceva sembrare un enorme peperone.

«Peggio per voi!» minacciò il fratello. «Rimarrete qui, o verrete per conto vostro. Io in carrozza queste due non ce le voglio, vero, mamma?»

Ma la regina, ripreso il suo sangue freddo, annunciò: «No, caro. Verranno anche loro, invece, come avevamo stabilito».

«Ma...» fece per replicare Cosmo, però la madre lo zittì e gli sussurrò in un orecchio: «Saranno lo zimbello della festa, così quando le farò gettare in prigione, tutti mi daranno piena ragione! Fa anche rima!»

«Cosa fa rima?» chiese lui, confuso.

«Ma niente, Cosmo, lascia perdere» fece lei seccata e ordinò al cocchiere di far salire le due figliastre. Poi, la carrozza, scortata da un gruppo di soldati, uscì dal castello diretta verso la città vicina, dove risiedeva il famoso palazzo Della Rocca.

7

Il palazzo dei nobili Della Rocca si trovava al centro della città ed era un grande edificio di due piani, con un immenso giardino intorno. Era celebre per la ricchezza delle sue stanze decorate di tappeti e quadri di grande valore, e per le fontane del suo parco. I Della Rocca non badavano a spese: erano principi ricchissimi, e possedevano sette castelli. In più, dominavano un'intera città.

Per dimostrare la loro potenza, avevano fatto illuminare a giorno sia il palazzo che il giardino. Migliaia di candele ardevano nei lampadari e nei candelieri e in ogni stanza era acceso il fuoco nel camino. Gli specchi riverberavano lo scintillio delle luci, mentre fuori alte torce fiammeggiavano sui viali, e fiammelle galleggiavano sull'acqua tra le ninfee, mentre grandi globi di vetro erano appesi sopra le fontane. Insomma, un tripudio di luce che cacciava la notte e accoglieva gli ospiti come in una giornata di pieno sole.

Subito dopo il cancello d'entrata, lungo il viale e fino all'ingresso principale vi era una lunga fila di carrozze. Erano arrivati fin lì tutti i nobili dei dintorni e probabilmente anche di luoghi più lontani, a giudicare dalle nere carrozze robuste, simili a grossi scarabei. Trotterellavano fino all'entrata del palazzo, lasciavano scendere i passeggeri, e poi si dirigevano caracollando verso le stalle.

Le signore e le signorine che assiepavano il salone d'entrata avevano lunghi abiti gonfi e lucidi, acconciature torreggianti sulle tempie e gioielli che sfavillavano sotto le fiammelle delle candele. Gli uomini, tutti vestiti di nero, sembravano tante mosche svolazzanti intorno a bignè alla crema, allo zabaione e al cioccolato, alla ciliegia o alla panna.

In quel tripudio lievitato, morbido e zuccheroso, fecero la loro apparizione le due Cenerentole con i loro abiti blu notte scollati e dritti come tuniche, i cappellini a cono, i sandali di cristallo. Ci fu qualche istante di silenzio e subito dopo un brusio concitato. La matrigna illividì di rabbia, riprometendosi una elaborata e malvagia vendetta contro le due sciagurate. Il principe Cosmo, invece, sgattaiolò verso il buffet, dove prese a bere maleducatamente e dove presto si ubriacò.

Finalmente, dallo scalone del palazzo scesero il principe e la principessa Della Rocca, seguiti dal figlio, lo scapolo ambito da tutte le ragazze. Benché la festa fosse stata organizzata in suo onore, il ragazzo appariva abbastanza serio e malinconico, oltretutto a disagio nella divisa militare da cerimonia. Rispetto ai ritratti diffusi in giro, il principe infatti non era così alto e snello, anzi, era abbastanza robusto e i bottoni dorati della divisa parevano scoppiare da un momento all'altro.

A dir la verità, non aveva neppure l'aspetto dei suoi ritratti ufficiali. Lì aveva gli occhi verdi, una massa di ricci biondi fino alle spalle, e un'aria soddisfatta. Dal vivo, i capelli erano corti e molto fini, come piume di pulcino. Gli occhi erano color nocciola, la bocca era imbronciata, e aveva l'espressione di un cane afflitto.

«Perdinci!» esclamò sottovoce la Prima Cenerentola, china verso l'orecchio della sorella. «È molto diverso dalle immagini! Si vede che i ritratti sono stati tutti colorati e ritoccati!»

«Già, ma lì sembrava un bambolotto. Invece ora mi sembra molto più carino, è così semplice, così fine!» commentò la Seconda Cenerentola, intenerita.

Intanto, il principe stava scendendo gli scalini con cautela, come se temesse una trappola. Una volta arrivato giù, porse il braccio a sua madre per avviarsi al salone da ballo e inciampò subito sullo strascico di viscida seta della donna. Mulinò le braccia in aria e si aggrappò a un paio d'invitati, strappando la manica della giacca a uno e la parrucca a una dama, che fuggì strillando.

«Che buffo, questo principe!» sussurrò la Prima Cenerentola alla Seconda, ridendo di gusto.

Ma l'altra, incantata dalla goffaggine del giovane, commentò: «Poverino, con queste cornacchie in giro è ovvio che sia imbarazzato, non lo vedi? È timido!»

Bisbigliando tra loro, si avviarono sottobraccio verso la sala degli specchi, al seguito del lungo codazzo di invitati.

Una volta dentro la grande, lunghissima sala baluginante

di lumi, il principe fece cadere la sedia di sua madre, pestò il piede a uno dei servi, finì impigliato nel cordone di una tenda. Tutti gli ospiti seguirono con il fiato sospeso le evoluzioni del giovane, finché uno dei suoi bottoni d'oro scoppiò dalla giacca bianca e fu sparato dritto verso l'orchestra.

Il bottone, grande come una nocciola, per poco non colpì il trombonista che, per fortuna, si chinò proprio in quel momento. Così, la pallina dorata finì in pieno sui piatti, con uno schianto vibrante che sembrò il segnale per attaccare a suonare. Il direttore dette subito l'avvio e l'orchestra partì con una polka allegra. Molti invitati stavano ancora prendendo posto in sala, altri erano fermi nell'ingresso. Tutti si precipitarono nel salone dove si erano già aperte le danze.

Le due Cenerentole fecero un bell'inchino una all'altra e si lanciarono in mezzo al salone, per prime.

Allora il principe, che per evitare ulteriori guai si era seduto in una poltroncina, protetto da un paio di camerieri, balzò in piedi, a bocca aperta e occhi sgranati. Ovviamente, quella mossa inconsulta fece cadere la poltroncina sulle ginocchia del servitore che si piegò in due, catapultando un candeliere su una tenda che prese fuoco. Mentre i camerieri accorrevano subito con secchi d'acqua e stracci per domare il piccolo incendio, il principe si mise ad applaudire, entusiasta, e gridò: «Le due dame sono assolutamente perfette! Originali e alla moda, con il look medievale che adoro! Fatemele conoscere, vi prego!»

«Sono le mie figlie, principe» esclamò subito la matrigna, che a ogni buon conto era rimasta abbastanza vicina agli ospiti, per ingraziarseli.

Il ragazzo la squadrò da capo a piedi, la fissò accigliato e ribatté: «Non si direbbe». Poi si slanciò verso il centro della sala, per raggiungere le ragazze e a metà strada scivolò sul pavimento tirato a lucido.

Grazie al Cielo, le due Cenerentole, nella loro danza sfrenata, si stavano dirigendo proprio verso di lui, così poterono afferrarlo al volo. Il principe Della Rocca cadde tra le braccia della Seconda Cenerentola, arrossendo fino alle orecchie. «Signorina, perdonatemi. Volevo invitarvi al ballo!»

«Che impetuosità!» commentò la ragazza, ammirata.

Sua sorella si allontanò svelta, lasciandola insieme al principe che, per raddrizzarsi, gonfiò il petto. Il secondo bottone della divisa partì a razzo e colpì in pieno il didietro di una marchesa che cominciò a saltellare come un cavallo imbizzarrito.

Il maestro d'orchestra interpretò il movimento come un attacco al ballo successivo e ordinò ai musicisti: «Il galop, presto!» Al che, l'orchestra attaccò a suonare con furia e gli ospiti, visto che il principe era ormai in ballo, attaccarono tutti insieme a ballare vorticosamente.

Malgrado il caos, il principe riuscì ad avvicinarsi alla Seconda Cenerentola per dichiararle: «Signorina, permettetemi di dirvi che ammiro il vostro charme».

«Cioè?» chiese la Seconda Cenerentola.

«Mi piace il vostro vestito, il vostro cappellino, il vostro modo di ballare e il vostro viso.»

«Grazie, molto gentile» rispose lei, un po' distaccata. Non era abituata a tutti quei complimenti insieme. Però quel principe era davvero un tesoro! E poi, ora che le era vicino, gli occhi non erano più scuri e mesti, ma davvero sembravano verdi, come l'acqua di uno stagno illuminato dal sole.

«Adoro il blu» confessò il principe, facendosi di nuovo color papavero.

«Sul serio?» chiese lei.

«Ma certo. È il colore del mare…» mormorò lui.

«Il colore della notte» aggiunse lei.

«Sì, il colore dei sogni» s'illuminò il principe.

«E il vostro sogno qual è?»

«Andarmene da questa stupida festa organizzata dai miei genitori, è troppo vecchio stile!»

Proprio in quel momento, come per magia, un terzo minaccioso bottone partì dalla giubba sfrecciando dritto verso il gigantesco lampadario centrale dal quale pendeva una grossa palla di vetro. Vi fu un colpo assordante, come di un cannone e la boccia andò in mille pezzi.

L'orchestra si fermò, vi fu un fuggi fuggi generale, molte dame svennero, gli uomini gridavano, mentre le guardie fuori del palazzo accorrevano dentro.

Il principe strinse la seconda Cenerentola al petto, ed evitò così che gli altri bottoni sparassero in tutte le direzioni, alimentando l'allarme di un attentato. Ma le guardie sopraggiunte li separarono bruscamente e trascinarono via il principe di peso. Aveva perso tutti i bottoni e non vi furono altri terribili incidenti.

«Come vi chiamate?» gridò lui, mentre lo portavano via.

La Seconda Cenerentola non fece in tempo a rispondere, spintonata via dai militari che cacciarono tutti fuori.

Allo scoccare della mezzanotte, il palazzo era deserto e buio, e la Seconda Cenerentola si accorse che nella gran confusione aveva perso uno dei suoi sandali. Così tornò a casa camminando saltellando, appoggiata alla sorella. La loro carrozza difatti non c'era più: la matrigna e il principe Cosmo se l'erano data a gambe tra i primi.

8

I giorni successivi però non lasciarono neppure un po' di tempo per ripensare alla festa interrotta sul più bello. Perché il castello delle due Cenerentole si trovò all'improvviso in gravissimo pericolo. Un messaggero portò trafelato la notizia che un piccolo esercito si stava dirigendo proprio lì, dopo aver distrutto almeno un paio di castelli. Non c'era un minuto da perdere: bisognava subito scappare o agire per difendersi!

«Almeno in quest'occasione, nostro fratello ci proteggerà» osservò preoccupata la Prima Cenerentola.

«Una guerra è quello che sogna da quando era piccolo. Chissà com'è contento» borbottò la Seconda Cenerentola. A lei non piacevano per niente le guerre, di nessun genere.

Entrambe le sorelle seguirono di nascosto i preparativi del fratello per affrontare il nemico. Cosmo si pavoneggiava nell'armatura scintillante, camminando avanti e indietro nel salone, tra due fila di generali. Rimirandosi nello specchio in fondo alla sala, dava ordini tutto impettito: «Usciremo con i soldati, attaccheremo per primi!»

Le due Cenerentole, contravvenendo all'ordine di non

impicciarsi degli affari reali, affrontarono il fratello per raccomandare: «Sire, non buttatevi tra le braccia del nemico. Il messaggero ha parlato di un esercito, i nostri sono pochi…»

«Ma quale esercito! Sarà una banda di predoni! Li sconfiggerò.»

La Seconda Cenerentola insistette, con tono accorato: «Pensate al popolo, alle terre. Una guerra distruggerà tutto».

Ma Cosmo s'infuriò: «Voi donne che ne sapete di cose militari?»

La Prima Cenerentola non si lasciò intimidire e consigliò: «Allora prima studiate una strategia di difesa, giocate d'astuzia…»

«Come osi!» strillò infine lui, offeso. «In guerra vince il più forte, cosa c'entra giocare? Quanto a studiare, sei pazza? Lo sai che odio studiare!»

«Ma un piano ci vuole…» dissero insieme le sorelle.

«Silenzio!» le interruppe lui, con furia. «Zitte o vi faccio incarcerare per tradimento!»

E così, armato fino ai denti, partì in gran pompa seguito dal proprio drappello di soldati incontro ai nemici.

«Uomini! Seguitemi e vinceremo! Io sono il più bravo, il più forte, il migliore! Questa partita è già vinta, giochiamo in casa…» gridava, tutto eccitato. Poi attaccò a cantare a squarciagola: «Viva la guerra! Viva la gue…» Non riuscì però a finire la strofa, che gli morì in gola quando vide di fronte a sé la massa degli invasori che sbucò, correndo e urlando, dal folto degli alberi. Gli uomini avevano elmi con le corna, abiti di pelle, sembravano tori e cinghiali usciti dal bosco. In più, erano armati di lance e spade, bastoni e alabarde, e seguiti da un gruppo di cavalieri al galoppo. Il rombo provocato da quel piccolo esercito era spaventoso.

A Cosmo si rizzarono i peli sulla nuca: quelli non erano uomini normali, non era una partita da *fair play*, insomma.

«Non vale!» strillò. «Questi non sono soldati!» E prima ancora di affrontarli, spronò il cavallo e si dette alla fuga.

La sua compagnia di armati, vedendo il re tagliare la corda, non seppe più che fare. Anziché serrare le fila, le mollarono e scapparono chi di qua chi di là. Quella che doveva essere una grande battaglia divenne una corsa campestre, con cavalieri e soldati che andavano in tutte le direzioni.

Re Cosmo Numero Sei non si prese neppure la briga di tornare al castello, ma fuggì il più lontano possibile.

La notizia della sconfitta clamorosa per abbandono del campo fu portata da uno degli ufficiali che si era ritirato. A quel punto la regina fece i bagagli in quattro e quattr'otto e saltò su una carrozza. Prima che il cocchiere facesse schioccare la frusta, addirittura spinse via la fedelissima dama di compagnia, gridando: «Da sola viaggerò meglio, più leggera!» E in un attimo divenne un puntino all'orizzonte.

Rimasero soltanto le due Cenerentole a prendere in mano la bruttissima situazione, cercando di cavarsela nel modo migliore.

9

Tutta la gente fu accolta nel castello e i soldati tornati indietro dalla fuga si adoperarono per organizzare la difesa delle mura e del palazzo, aiutati da contadini e operai.

I nemici, convinti di trovare un castello indifeso, si avvicinarono senza troppa fretta, ma via via che procedevano, trovavano campi abbandonati, fattorie deserte e nessun animale in giro. Giunti a poche miglia dal palazzo, il capo degli invasori fermò il suo cavallo e con una piccola pattuglia di cavalieri osservò il castello compatto, chiuso a riccio tra le mura, con le bandiere al vento, il ponte levatoio alzato, il fossato pieno d'acqua, e un gran fumo che saliva al cielo dalle torri e dalle mura.

Il capo degli invasori era un giovane guerriero, Kublai, figlio di un ferocissimo capo unno. Era la prima volta che usciva dalle sue terre e che seguiva le imprese del padre nel derubare i terreni e distruggere i castelli. Fino a quel momento, però, non poteva vantare grossi risultati.

Il primo castello dov'era arrivato gli era stato raccomandato tanto da suo padre che in gioventù lo aveva espugnato almeno un paio di volte. Ma il posto non era più abitato dai conti e dai loro servitori: era stato trasformato in osteria e albergo per viaggiatori. Arrivati lì, i suoi uomini avevano vuotato le cantine e mangiato a sbafo, ma l'oste li aveva minacciati che avrebbe mandato il conto a casa: Unni o non Unni, dovevano pagare.

Il secondo castello era invece abitato da compagnie girovaghe di musicisti, attori, saltimbanchi, cantastorie. Un vero manicomio. All'inizio nessuno li aveva presi sul serio, anzi, sulle prime gli ospiti del castello avevano pensato che gli Unni fossero un gran numero di comparse per il prossimo spettacolo in costume nel teatro della capitale. Quando poi si erano resi conto che loro erano Unni veri, anziché terrorizzarsi e dare tutti i loro averi, avevano proposto di intrattenerli con canzoni, scenette, balli. D'altra parte, questa gente di spettacolo era completamente in bolletta, così alla fine erano stati gli Unni a dar loro un po' di spiccioli e qualche botte di vino del castello precedente.

Insomma, finora Kublai ci stava rimettendo con l'invasione. Finalmente, vedeva profilarsi un vero castello da conquistare e rapinare in santa pace per non sfigurare davanti alla famiglia. Le cose però, stavano per mettersi peggio di quel che Kublai immaginava. «A quanto pare, si sono preparati al nostro arrivo» notò con stizza. «Non erano rimasti soli e indifesi? Sembrava una passeggiata, invece dovremo assediare il castello!»

«Strano, capo» disse uno dei suoi cavalieri. «Il re è fuggito. Si vede che c'è un altro al suo posto, là dentro.»

«Mandate qualcuno in avanscoperta» ordinò allora Kublai,

accigliatissimo. Certo, le cose in quel paese erano davvero complicate!

Dette ordine ai suoi uomini di accamparsi in un bosco vicino e di aspettare l'ordine di assalto.

Il guerriero inviato come spia si era travestito da contadino e tornò dopo diverse ore abbastanza preoccupato. «Signore, il castello è pieno di gente armata» riferì. «Ho udito un gran rumore da fuori. Sono indaffaratissimi, accendono falò, scaldano pece nei pentoloni, accatastano pietre, muovono carri, giorno e notte. Lavorano come matti, là dentro.»

«Ah, sì?» sollevò un sopracciglio Kublai, dubbioso. Dei gran lavoratori bisognava diffidare, non si sarebbero arresi facilmente.

La spia proseguì: «Non per vantarmi, ma sono riuscito ad avvicinarmi abbastanza per sentire parlare la gente. Dicevano della forza del sole e della luna, credo parlassero di magia!»

«Magia? Quale magia?»

«A quello che ho capito nel castello ci sono forze magiche.»

«Nientedimeno» commentò Kublai, pensieroso. Ma poiché era un tipo molto pratico, prima di spaventarsi per la presunta magia, pensò che fosse meglio avvedersi di persona. Inviò un gruppetto di cavalieri davanti all'ingresso del castello, per chiedere un incontro con Chi-comandava-lì dentro.

La richiesta di un incontro fece ben sperare le due Cenerentole che, prima di decidere, consultarono gli anziani, chiedendo quali fossero le previsioni del tempo per il giorno successivo. Poi, la Prima Cenerentola fece staccare i giganteschi specchi del salone e della camera di Cosmo per disporli sulle due torri laterali. Aveva in mente uno stratagemma che aveva imparato nei libri antichi.

Il capo Kublai si piazzò tutto impettito a cavallo, proprio davanti alle mura, in un punto visibile dalle torri, curioso di vedere il re che aveva preso il posto del codardo fuggito dalla battaglia.

La Prima Cenerentola indossò l'armatura del padre e si preparò a uscire scortata da quattro cavalieri. La mattina era bellissima e il sole sfolgorava sui campi. Contro ogni buon senso, la principessa si presentò con il sole in faccia, mentre i suoi nemici lo avevano di spalle.

Mentre osservava il piccolo drappello avvicinarsi al trotto, Kublai pensò che, come comandante, anche questo non valeva una monetina di rame: esporsi in campo aperto con il sole che ti acceca, ma quando mai?

Da sotto l'elmo all'improvviso apparve il viso di una ragazza! Certo, era così delicata che sembrava un angelo e Kublai restò per un istante senza fiato. Però, pensando allo smacco di dover fronteggiare una donna, mise su un'espressione truce. «Cos'è? Uno scherzo di dubbio gusto?» tuonò.

Il traduttore decise di cambiare le parole in altro modo, per non offendere la signora in armatura d'argento, così bella e fiera, chiaramente una regina. «Il mio signore chiede chi siete» mormorò.

«Il vostro signore è un gran villanzone e ha chiesto se si tratta di uno scherzo» ribatté la Prima Cenerentola, con sdegno. «Si dà il caso che abbia studiato l'Unno e lo capisca abbastanza bene.»

Il capo arrossì fino alla radice dei capelli e, per il calore, si tolse l'elmo che lo copriva. «In tal caso, signora» disse, piccato, «ditemi cosa fate voi qui, quando mi aspettavo il vostro comandante.»

La Prima Cenerentola pensava di trovarsi di fronte un brutto ceffo, e fu sorpresa nel vedere un giovane dai bei lineamenti, dagli occhi accesi e i lunghi capelli lisci e neri. Peccato per l'espressione così adirata e per quella barba lunga, che lo imbruttiva. Comunque, invece di rispondere con stizza, addolcì il tono e dichiarò, fissando negli occhi il giovane: «Io sono il Primo Comandante. Vi chiedo gentilmente di andarvene dalla mia terra e di lasciare in pace il mio popolo».

A questo punto, i guerrieri di Kublai si aspettavano che come minimo il capo scoppiasse in una risata sguaiata. Invece, lui mise su un'espressione tonta e soltanto sentendo tossicchiare il suo vice, si riscosse e ribatté: «Non avete più un esercito, signora, e il vostro re è scappato a gambe levate. Chi era? Vostro marito?»

Alla Prima Cenerentola non sfuggì lo sguardo incantato del capo unno. Era un gran peccato che fosse un nemico e che ogni tanto si sentisse in dovere di fare la faccia brutta. Perché ora che si era tolto l'elmo e chiacchierava, si vedeva che sotto sotto era gentile, interessante e che sapeva anche usare le buone maniere. Con un bel bagno, un abito adatto, i capelli raccolti, sarebbe stato molto carino.

La Prima Cenerentola si rimproverò per quel giudizio: ma cosa si metteva a pensare al *restyling*, in un momento del genere? Si schiarì la voce e ribatté, con fermezza: «Mi spiace deludervi. Non sono sposata, quello era mio fratello».

«Dunque comandate voi sola?» insistette Kublai, addirittura sporgendosi un po' verso di lei. Con il sole in faccia, gli occhi della ragazza splendevano come due gemme preziose, colore del cielo.

«Non sono sola. In questo momento, il castello è protetto dal Secondo Comandante» affermò lei, con astuta prudenza.

«Il Secondo Comandante? E chi è?» domandò lui, sempre più interessato. I suoi cavalieri intanto si guardarono tra loro sconcertati: cos'era successo al capo, che perdeva tempo a chiacchierare, invece di minacciare quella donna sfrontata?

La Prima Cenerentola mantenne il riserbo: «Se verrete al castello da amico, sarò ben felice di presentarvelo». E qui scoccò un bel sorriso malandrino che fece quasi cadere di sella il povero Kublai.

Con un'espressione sognante, infatti, balbettò: «Verrò molto volentieri...»

Il suo vice, preoccupato, impugnò il corno. Era evidente che il capo era preda di una stregoneria! Bisognava svegliarlo subito! Così, il guerriero si portò il corno alla bocca e dette una bella soffiata. *Peeeeeeeeee!* Il suono fece imbizzarrire i cavalli e sobbalzare Kublai, che allungò la mano per afferrare il suo vice per il collo. «Brutto scimunito…» attaccò.

«È il segnale della guerra!» dissero i cavalieri intorno alla Prima Cenerentola, trattenendo a stento i cavalli.

La Prima Cenerentola sollevò una mano e gridò: «Andatevene! O sarete distrutti dalla forza del sole!»

In quel momento, dalle torri si sprigionò una folgore che accecò quasi Kublai e i suoi. Gli specchi sistemati sui merli avevano funzionato a dovere! La Prima Cenerentola si rallegrò con se stessa dei suoi studi sul riflesso della luce.

«Magia!» gridarono gli uomini, mentre i cavalli non si riuscivano più a tenere.

Nel frattempo, un covone di paglia poco distante prese a crepitare e s'incendiò. Il capo tirò le briglie del cavallo che si sollevava sulle zampe posteriori. I capelli gli ricaddero in faccia, e gridò, furioso: «Signora, se avete la forza del sole, vi prometto che prenderò il castello di notte!»

La Prima Cenerentola gridò a sua volta: «Non vi riuscirà. L'altro comandante ha il potere della luna!» Prima di abbassare l'elmo, disse: «Andatevene o sarà peggio per voi». Fece un cenno ai suoi cavalieri e spronò il cavallo a voltarsi e galoppare verso il castello. Era molto delusa che la faccenda si fosse risolta così male, proprio mentre sembrava condursi per il meglio. Degli Unni non bisognava proprio fidarsi!

Anche Kublai lanciò il destriero in un forsennato galoppo,

non tanto per tornare subito all'accampamento, quanto per sfogare la rabbia che sentiva ribollire in corpo. Essere umiliato così da una ragazza! Che gli intimava di andarsene! Questa poi...

«Stanotte la luna non ci sarà!» gridò Kublai ai suoi, balzando dal cavallo una volta rientrato nell'accampamento.

«Quella donna è una strega!» disse uno dei suoi guerrieri. «Ha fatto una magia!»

Kublai si accigliò ancor di più: la strega non aveva fatto una magia sola. Era chiaro che lui era caduto sotto il suo incantesimo. Non faceva che pensare a quegli occhi blu.

10

La notte era molto buia. Aveva ragione Kublai: la luna non c'era. Era il momento migliore per avvicinarsi al castello e assalirlo grazie all'aiuto delle tenebre. Eppure, fino a una certa ora della notte, Kublai tentennò. Chiuso nella sua tenda, domandava ai due comandanti più fidati: «Che significa che hanno il potere della luna?»

«Solo una balla, capo» rispose il più loquace dei due.

L'altro si strinse nelle spalle.

Ma Kublai sembrò non ascoltarli e insisté nei suoi dubbi: «E questo Secondo Comandante chi sarà mai? Un cugino? Un amico? Un… fidanzato?» La parola gli uscì strozzata dalla gola. I due cavalieri non seppero cosa rispondere. Non erano questioni militari, queste.

«L'unica è andare a vedere di persona!» si decise infine Kublai. «E se questo secondo comandante è un fidanzato, lo faccio fuori subito. E la ragazza è mia!»

«Quale ragazza?» chiese il cavaliere loquace.

«Voglio dire: il castello. Il castello è mio!»

«Ah, ecco. Ora sì che ti capisco, capo» s'illuminò il suo cavaliere. Diede una pacca all'altro e fece: «Capito? Si va all'attacco!»

«Forte!» s'entusiasmò l'altro, ma Kublai li zittì: «Cosa urlate, stupidi? Prenderemo il castello di sorpresa. I nostri strisceranno fin sotto le mura e si arrampicheranno fin su. Una volta dentro, apriranno il portone ed entreremo con i cavalli!»

«Grande idea, capo!» si complimentò il loquace.

«Su, su, andate. E fate presto!» ordinò Kublai. Appena i due furono usciti, si mise a cercare il mantello di velluto azzurro e cercò disperatamente il pettine. Tra poco sarebbe entrato al castello e doveva prepararsi!

Mentre Kublai tramava l'assalto, le due Cenerentole non dormivano di certo. Entrambe si aspettavano un attacco di sorpresa e si prepararono. In tutto il castello ferveva l'attività: il grasso cuoceva in grandi pentoloni di rame, e in cima alla torre fu acceso un enorme fuoco.

«Hanno acceso un falò sulla torre» comunicò un soldato a Kublai.

«È evidente che mandano un segnale di aiuto ai castelli lontani. Ma nessuno verrà, figuriamoci» rispose lui, fregandosi le mani. Salì in sella. Ordinò a un guerriero di stendergli il mantello azzurro sulla groppa del cavallo, per fare migliore figura. Fece per infilarsi l'elmo, poi ci ripensò. Si sarebbe rovinato la treccia, dopo tutto il tempo che ci aveva messo a farla.

I suoi uomini erano ormai vicinissimi al castello, e presero ad arrampicarsi. Ma le mura erano scivolosissime: lo strato di grasso gettato sulle pareti impediva di salire con agio. In più, si accesero le fiaccole sui merli e di colpo apparvero centinaia di ombre armate.

La Seconda Cenerentola aveva messo all'opera il suo estro teatrale. Insieme alle donne, aveva ritagliato nella balsa tante sagome di guerrieri. Aveva ordinato di accendere migliaia di fiaccole per tutte le merlature del castello e faceva scorrere davanti alle fiaccole la striscia di legno con le sagome. L'ombra proiettata sulle mura era impressionante e pareva che lungo tutto il perimetro fossero di sentinella decine e decine di soldati.

Una nuvola di frecce si abbatté sul terreno, come sparata da centinaia di archi da sopra gli spalti. Stavolta, era stato l'ingegno della Prima Cenerentola a far sparare da una gigantesca fionda un fascio di frecce che, una volta in aria, si aprivano a ventaglio e cadevano giù come una pioggia di aghi. Gli assalitori gridavano, ormai la sorpresa era andata in malora.

Kublai insisté: «Portate le scale, le corde, su, presto!» ordinò, vedendo che gli uomini tendevano a ritirarsi.

Proprio allora, avvenne un'apparizione strabiliante: sopra la torre più alta, dove era stato acceso il falò, sorse un'enorme, bianca, impressionante luna piena. La luna sembrò gonfiare le guance come una faccia arrabbiata e si allargò proprio sopra il castello, come a proteggerlo con la sua mole.

«Il potere della luna!» balbettò Kublai, e fissò a bocca aperta quella palla bianca: com'era possibile?

Gli uomini che tentavano l'assalto si ritirarono pieni di terrore verso il bosco.

Anche stavolta, l'inventiva e la conoscenza delle due Cenerentole aveva funzionato: la luna che saliva sopra la torre del castello era un pallone di sottilissima garza, gonfiato dall'aria calda. Un esperimento che la Prima Cenerentola aveva scoperto in un libro antichissimo e che sua sorella aveva saputo realizzare con maestria.

La luna, però, rischiava d'incendiarsi e già Kublai si stava riprendendo dallo stupore. A differenza dei suoi guerrieri, un poco aveva studiato e non era particolarmente superstizioso o credulone. Continuava a fissare il pallone che si librava verso il cielo, domandandosi cosa fosse. Non aveva importanza, lo avrebbe capito presto: avrebbe fatto parlare quella furba ragazza appena fosse riuscito a entrare in quel dannato castello...

11

La mattina dopo era una giornata nuvolosa.

«Ah!» si fregò le mani Kublai, tutto contento. «Niente sole, oggi, e niente luna. Voglio proprio vedere cosa s'inventa ora questa maga!»

Certo, dovette faticare non poco a convincere i suoi guerrieri a riprendere la via verso il castello. Molti ormai lo consideravano un posto abitato da forze magiche e non avevano nessuna intenzione di avvicinarsi.

Non bastò fare la voce grossa, ricordare chi era il capo lì dentro. Gli Unni si stringevano nelle spalle, più spaventati dalla strega in armatura che dal giovane capo che sembrava non combinarne una giusta. Alla fine, Kublai dovette promettere di raddoppiare le ricompense e anche così, molti lo seguirono di malavoglia.

Usciti dal bosco, i guerrieri si guardarono intorno e soprattutto volsero gli occhi al cielo, con espressione preoccupata. E se fosse arrivato un fulmine? E se fosse piombato giù un drago?

Il vice si portò alla bocca il corno, per incitare all'assalto.

«*Peeeeeeeeee!*» suonò il corno.

«*Peeeeeee!*» rispose uno squillo lontano.

Gli Unni si fermarono tutti insieme, come un solo uomo.

«E questa?» si domandò Kublai, irritato. Poi ordinò al suo vice: «Forza, suona ancora!»

L'uomo esitò qualche istante, ma agli ordini del capo bisognava ubbidire, così soffiò di nuovo il corno: «*Peeeeee!*»

E di nuovo si udì, chiarissimo e più vicino, uno squillo di tromba: «*Perepepéééééé!*»

Non c'era dubbio: qualcuno rispondeva. Qualche istante dopo, infatti, apparve all'orizzonte un nutrito drappello di soldati.

«Questa poi! Un altro esercito!» sbottò Kublai. «E da dove salta fuori?»

«Sarà la magia...» attaccò il suo vice, con voce tremante.

Ma il capo lo zittì: «Basta con queste storie! Voglio vederci chiaro!»

Ormai il piccolo esercito guidato da un folto gruppo di cavalieri era in vista e gli Unni rischiavano di essere attaccati da un momento all'altro. Prima che i soldati si schierassero e i cavalieri partissero all'assalto, Kublai decise di andare incontro a parlamentare. Sventolando una bandiera bianca, avanzò con il suo solito gruppetto di guerrieri verso il drappello armato. Alla testa dei cavalieri, spiccava un comandante dall'armatura d'acciaio fulgido, il manto blu e il cavallo bianco. Kublai osservò che il manto aveva una tonalità appena più scura del suo e che era fatto di una bellissima stoffa morbida, pulitissima. Ebbe un moto di rabbia che quasi gli fece cambiare idea e tornare indietro. Ma il pensiero che quel bellimbusto dall'armatura nuova di zecca fosse venuto a prendersi la sua ragazza, lo frenò: bisognava anzitutto sfidarlo, terrorizzarlo.

Il cavaliere sollevò l'elmo per parlare al capo unno e… un piede gli sfuggì dalla staffa, perse la presa delle redini, l'elmo gli ricadde sul mento e per poco lui non ruzzolò giù dalla sella.

L'Unno dovette trattenersi per non scoppiare a ridere.

Il cavaliere si raddrizzò, risollevò l'elmo, mostrò una faccia rossa come un pomodoro maturo e farfugliò: «Chi siete voi? Sembrereste nemici!»

«Dipende» disse Kublai con una certa furbizia. «Se anche voi siete nemico del castello, allora siete amico nostro.»

«Signore!» replicò con aria scandalizzata il Cavaliere. «Io sono il principe Della Rocca, fidanzato della principessa Cenerentola, dunque amico del castello!»

«Ah! Lo sapevo!» uscì dalla gola di Kublai, che stava quasi per lanciarsi sul povero principe. «Vi annienterò! La ragazza… cioè il castello è mio!»

«Casomai il castello è quasi mio e prima di metterci le mani sopra, ve la vedrete con me e con i miei valoro…» Prima di concludere, l'elmo si chiuse di nuovo di scatto, il principe tirò le briglie e il cavallo si sollevò sulle zampe posteriori, nitrendo.

«Mi sfidate?» strillò Kublai, e anche lui fece sollevare il

cavallo, così i due animali si trovarono a zampe all'aria uno di fronte all'altro.

«*Perepepéééé!*» si udì squillare.

Ma non era né il corno dell'Unno né la tromba dell'esercito del principe. Era uno squillo che arrivava dalle porte del castello.

12

I cavalli tornarono con gli zoccoli a terra, mentre un gruppetto di cavalieri usciva al trotto dal portone del castello.

A Kublai il cuore iniziò a battere con furia, riconoscendo l'armatura d'argento di… come si chiamava la ragazza? Si era presentata come Primo Comandante e lui, sciocco, non aveva neppure chiesto il suo vero nome! Ed ecco che stava arrivando proprio lì da lui. Un momento, però. Chi era la figura che le cavalcava accanto? Un'altra armatura d'argento! Che confusione: qual era la sua amata delle due? Erano identiche!

Il gruppetto si fermò vicino agli altri due piccoli drappelli.

«Signori!» disse una voce femminile, ma da dietro l'elmo non si capiva bene se era quella del Primo Comandante. «Vi chiediamo di partecipare al vostro incontro in qualità di principali interessati, se non vi dispiace.»

«Certo, ci mancherebbe» intervenne subito Kublai, scrutando prima una poi l'altra delle due armature: qual era la sua amata?

«Non intenderete combattere tra di voi per il nostro castello?» chiese l'altra armatura. Poteva anche essere quella del Primo Comandante, come poteva non esserlo.

Kublai si accigliò e in tono esasperato, chiese: «Ma insomma, si può sapere di chi è questo castello?»

Una pioggerella fitta fitta avvolse i cavalieri. Pessimo tempo per parlare all'aperto, quello. Difatti, la voce dell'armatura ribatté stizzita: «Di sicuro non è vostro».

«E neppure vostro!» ribadì l'altra armatura, rivolta al principe Della Rocca.

«Ma ci mancherebbe, stavo appunto dicendo all'Unno...» attaccò il principe, confuso.

«Vorrete dire al Gran Capo Kublai!» lo interruppe il giovane, offesissimo. Tra l'altro, con quella pioggerella si stava infradiciando i capelli e il mantello azzurro, mannaggia.

Ma la voce dell'armatura troncò ogni possibile discussione, rivolta con più dolcezza al principe: «Anche se vi sono grata del vostro pronto intervento».

«Veramente...» replicò il principe «ero venuto per riportarvi la scarpetta...» E prese a frugare sotto la cotta di maglia: «Dove l'ho messa? Oddio, non mi sarà caduta?»

«Tenete una scarpa da donna sotto l'armatura?» chiese sempre più sconcertato Kublai. E poi si diceva male delle usanze degli Unni!

«Ma non è una scarpa qualunque, è un piccolo gioiello... è un modello unico...» stava intanto spiegando il principe, cercando tra le pieghe del mantello.

«Come? Siete venuto fin qui per riportare una scarpa?» chiese una delle due armature, ridacchiando.

«No, non solo.» Il principe smise di arruffare il mantello. «Sono venuto per chiedervi il favore… cioè l'onore… insomma sono qui per amore!»

«E l'esercito?» chiese l'altra armatura, senza ridere.

«Sì, già: l'esercito?» la rincalzò l'altra.

«Un principe non parte senza almeno cento armati» spiegò lui. «Non si sa mai, di questi tempi.»

«Giusto. Anch'io non mi muovo mai con meno di cento guerrieri» approvò Kublai. «Anche se il massimo sarebbe duecento cavalli, allora sì che si sbaraglia tutti.»

«Duecento cavalli? Costano, però. E per mantenerli…» stava riflettendo il principe.

Le due armature tossicchiarono educatamente: «Signori, scusate, si stava parlando della scarpetta…»

Il principe si batté una mano sulla fronte scordando che aveva l'elmo: «Ahi! Uh, ecco, già, la scarpetta! L'ho riportata per chiedere il piede… cioè la mano di Cenerentola!»

«E chi sarebbe Cenerentola?» s'informò Kublai.

«Sono io» rispose un'armatura.

«E anche io» aggiunse l'altra armatura.

«Dal giorno del ballo non ho più avuto pace. Non vedo altro che il vostro splendido blu!» dichiarò il principe con la mano posata sulla cotta, all'altezza del cuore.

«Eh, no!» proruppe Kublai. «Se c'è qualcuno qui che chiede una mano, quello sono io! Anche a me piace il blu degli occhi blu!»

«Chiedereste quale mano?» fece una delle due armature rivolta a Kublai.

«Chiedo la mano di Cenerentola, m'inginocchio ai suoi piedi e prometto la pace per il suo regno» dichiarò il capo.

A questo punto, il principe Della Rocca gonfiò il petto e tuonò: «Ah, no, signore caro. Mettetevi in fila. Ai piedi di Cenerentola ci posso stare solo io che ho la sua scarpetta...»

«Intanto vediamola, questa famosa scarpetta» ruggì Kublai, ricordandosi che era un capo unno.

«Eccola!» esclamò in tono di trionfo il principe, tirandola fuori da una tasca del mantello. Sulla mano guantata apparve un elegante sandalino. Le gocce di cristallo scintillarono anche sotto la pioggia, come se emanassero una luce interna.

A quel punto, le due armature bisbigliarono tra loro e dissero ai due pretendenti: «Potete scusarci un momento? Dobbiamo consultarci».

I due cavalieri restarono a bocca aperta, guardando i due cavalli allontanarsi poco lontano.

13

Sotto la sua armatura, la Prima Cenerentola chiese alla sorella: «Che ne pensi?»

«Lo sai, io il principe Della Rocca lo trovo carino da morire» rispose la Seconda Cenerentola, emozionata.

«Ti ha fatto una bella sorpresa, vero?»

«Bellissima! Hai visto? Ha carattere: è venuto fin qua, ci ha dato una mano. È una persona seria, non il solito sbruffone.»

«Come nostro fratello Cosmo, per esempio» commentò l'altra, ed entrambe scoppiarono a ridere.

Nel vedere le due armature scosse dalle risate, i due uomini in attesa si sentirono sulle spine.

«Cosa avranno da dirsi, e da ridere poi? Non ci prenderanno in giro!» commentò seccatissimo Kublai.

«Ma voi come avete conosciuto Cenerentola?» chiese il principe, sospettoso.

«Ehm... passavo di qui con i miei uomini... Un viaggio diciamo di piacere...» inventò Kublai.

«No, perché mi viene il dubbio che siate qui per un'invasione» replicò l'altro, che era sì un po' impacciato, ma certo non era un allocco.

«Chi? Io? Ma che dite! È roba del passato!» si affrettò a dire l'Unno, che fra l'altro cominciava davvero a pensare che la mania di suo padre di prendere castelli e tornare a casa con roba rubata non fosse per niente buona. Oltretutto, si stava rivelando una fatica enorme, altro che "passeggiata", come l'aveva definita spavaldamente suo padre. I tempi erano molto cambiati.

«Infatti, mi pareva» approvò il principe. «Roba dei tempi antichi, dei barbari…»

«Eh, certo! Io sono qua in visita diciamo culturale, ho visitato anche il castello dei girovaghi…» raccontò Kublai.

«Ho capito, l'Hotel du Théâtre. Siete stato attento? Dicono che quei saltimbanchi svuotino le tasche ai turisti, piangendo sempre miseria.»

«Me ne sono accorto» si rabbuiò l'Unno.

Nel frattempo, le due armature si erano messe d'accordo.

«Allora, sei contenta che il principe ti chieda in sposa?» aveva chiesto una.

«Sono strafelice. Ma tu? Cosa dici del capo unno?» aveva domandato l'altra.

«Lo sai che m'interessa la diversità culturale.»

«Sì, certo. Soprattutto se è un bel ragazzo e ti guarda con l'aria languida.»

«Allora, che facciamo? Diciamo di sì?»

«Ho un'idea» aveva detto la seconda armatura. E poi aveva spiegato cosa le era venuto in mente.

Tornarono dunque dai cavalieri rimasti in fremente attesa.

14

La prima armatura dichiarò: «Signor principe Della Rocca e signor Kublai, noi saremo felici di essere vostre spose. Ma...» e qui fece una pausa.

«Ma?» chiese Kublai ansioso.

«Ma?» gli fece eco il principe, teso.

Proseguì la seconda armatura: «Ma dovrete scegliere quella giusta di noi due. Se sbaglierete, sarete respinti».

Il principe Della Rocca spalancò la bocca: «Cenerentola... Non puoi farmi questo... Lo sai che io sbaglio di sicuro...» Aveva le lacrime agli occhi e stringeva il sandalino al petto. Non era affatto disposto a cederlo, con la tremenda possibilità di perdere scarpa e ragazza.

«Ma Cenerentola!» sbraitò Kublai. «Se non vi togliete l'elmo, come potrò riconoscervi?»

«Come? Tanta strategia per la guerra e non sapete cavarvela con una faccenda così semplice?» rise l'armatura.

Kublai fece per allungare la mano e afferrarla: era sicuramente lei, la sua amata. E se poi non fosse stata quella giusta? Ah, no, bisognava trovare una soluzione e bisognava trovarla insieme a quel babbeo che stava per scoppiare a piangere da un momento all'altro. Così, disse: «Principe, discutiamo un po' la faccenda».

Stavolta furono i due uomini ad allontanarsi per qualche minuto, confabulando tra loro. Poi, si riavvicinarono. Scesero entrambi da cavallo e dissero alle due armature: «Signore, siamo entrambi ai vostri piedi. E così saremo per sempre. Potete togliere entrambe il calzare sinistro?»

Le due armature acconsentirono e un loro fido cavaliere tolse a entrambe il calzare richiesto. I piedini nudi rabbrividirono al freddo della mattinata.

Kublai si sentì invadere dalla commozione: il piede della sua amata era bellissimo. Perché finalmente aveva capito qual era, mentre il principe si avvicinava e provava il sandalino che andava appena un po' largo. Che bel piede sottile e candido, con le tenere unghie color rosa! Aveva fatto bene a promettere di essere sempre ai piedi di quel piede!

Intanto il principe passava all'altra armatura: stavolta il sandalino calzava perfettamente! Con le lacrime di nuovo agli occhi, il principe si inginocchiò. «Sei tu la mia Cenerentola!» S'inchinò e baciò devoto il piedino scintillante tra i cristalli.

Kublai non si fece pregare: afferrò per la vita l'altra ragazza e la prese tra le braccia. Finalmente poteva sollevarle l'elmo e ammirare felice i begli occhi blu della sua Cenerentola. Svelto, si tolse il bracciale d'oro dal polso e con la più grande delicatezza lo infilò nel piedino che a lui sembrava il più bello del mondo. Anche questo piede aveva così la sua degna calzatura.

* * * * * * *

Le due Cenerentole si sposarono lo stesso giorno, e nel castello si tenne una festa meravigliosa, che durò una settimana intera di balli e canti, pranzi, giochi, divertimenti.

Dal momento che il regno era diventato tutto loro, le due Cenerentole divennero regine.

Il capo degli Unni fu proclamato principe e il suo esercito si disarmò, entrando a far parte del popolo di Sole e Luna.

Quanto al principe Della Rocca, dopo il matrimonio cambiò nome. In onore della sua moglie lunare che amava vestirsi di blu, si fece chiamare Principe Azzurro.

Settimo: Pollicino

Thriller

Ai bambini che hanno paura,
ma non sono timorosi.

1

Il primo bambino scomparve un giorno in cui era caduta la neve nel bosco.

Era una giornata stupenda, dopo settimane di gelo che sembrava aver scolorato il cielo e resa grigia e dura la terra. Poi, quel velo gelido si era lacerato trasformandosi in migliaia di minuscoli fiocchi di neve turbinanti intorno alle case. Finché il velo era scomparso e il cielo era sfolgorato la mattina presto in un azzurro compatto, come fosse stato un soffitto dipinto di fresco.

I bambini erano usciti euforici per il paesaggio bianco, scintillante di luce. Anche se era freddo e indossavano abiti poco pesanti, presto si scaldarono facendo a pallate. Gridavano, correvano, si nascondevano dietro gli alberi per ripararsi dai colpi degli avversari, raccoglievano la neve, la compattavano nelle mani nude e poi lanciavano le palle, urlando. I fiati caldi formavano nuvolette bianche davanti alla bocca e al naso. Le guance erano rosse, i capelli bagnati di neve sciolta. Le gambe nude spuntavano rosee dalla massa spumosa dove i piedi affondavano, a malapena protetti da zoccoli di legno.

I bambini bevevano la neve, saltavano dentro la neve, cadevano senza farsi male, e anche se rabbrividivano, restavano là fuori a soffiare fumo bianco dalle narici, come piccoli draghi. Lanciavano strilli che riecheggiavano nell'aria, frantumando il silenzio denso come una sostanza viscosa. Si scatenarono prima intorno alle case, poi un po' più lontano, allungandosi fino dentro il bosco.

Apparentemente, non c'era nessuno oltre i bambini. Nessuno che tagliasse la legna, che cacciasse tordi, che rovistasse negli arbusti, che raccogliesse bacche o funghi. La neve aveva nascosto il sottobosco, coperto le chiome, e impediva di sistemare trappole. Gli animali, poi, sembravano tutti risucchiati sotto la terra o svaniti nell'aria.

C'erano soltanto i bambini a rincorrersi, finché si stufarono, ebbero fame e freddo, sentirono un richiamo dal gruppo di case, un fischio o un nome, l'ordine di rientrare e si riunirono per tornare indietro. I più piccoli per mano, per primi, svelti. I grandi dietro, con le mani tuffate nelle tasche. Gli ultimi arrivarono alla spicciolata, dopo aver lanciato ancora qualche palla in aria, contro il cielo blu.

Ma uno non rientrò. Lo attesero, lo chiamarono. Aspettarono ancora, poi qualcuno andò a cercarlo. Infine tutti, anche i bambini, andarono a cercarlo e chiamarono e perlustrarono i dintorni fino a che non scese la notte, e anche dopo, con le lucerne che tremolavano nel buio freddissimo.

Ma il bambino sembrava sparito.

2

Se fosse caduto sarebbe stato ritrovato, se si fosse arrampicato su un albero e non avesse saputo scendere, avrebbe gridato. Se si fosse allontanato oltre nel bosco, ci sarebbero state le sue tracce nella neve fresca, ma le sue tracce si confondevano invece insieme a quelle degli altri. Era come se si fosse volatilizzato, svaporato in una nuvola di fiato.

Gli abitanti del piccolo borgo, non più di una manciata di case per poche famiglie di taglialegna e contadini, si riunirono nella cappella per discutere. Non sapevano proprio come spiegarsi l'accaduto e furono avanzate diverse ipotesi.

Un giovane contadino immaginò che un grosso animale affamato, probabilmente un orso, avesse divorato il bambino.

«Abiti compresi?» chiese un taglialegna, abbastanza scettico.

L'altro si strinse nelle spalle. «Perché no? Oppure potrebbe averlo trascinato via e mangiato lontano.»

L'ipotesi, che all'inizio sembrava aver convinto tanti, si dissolse rapidamente. Tutti concordarono che un animale avrebbe lasciato resti e molte tracce. E poi il bambino avrebbe gridato, ci sarebbe stato qualche rumore.

Qualcun altro avanzò allora l'idea che potesse essere piombata dal cielo un'aquila. Ecco perché non c'erano scarpe né vestiti.

«Un'aquila che nessuno ha visto? Nessuno ha sentito?» chiese il solito taglialegna che conosceva abbastanza bene il bosco e sapeva che lì non vi abitavano né orsi giganteschi né tantomeno aquile.

«Potrebbe essere un'aquila invisibile, forse... E se fosse un fantasma?» propose una donna, a occhi sgranati.

Ci fu un mormorio confuso, ma il taglialegna tacitò il brusio, chiedendo: «In pieno giorno? Con il sole?»

Un altro aggiunse: «Giusto. I fantasmi casomai girano di notte...»

«Ammesso che i fantasmi esistano» borbottò il solito taglialegna.

Si alzò una giovane donna, e disse con voce tremante: «Allora, forse... il bambino potrebbe essere stato portato via da... dal demonio!» E si fece il segno della croce in fretta, guardandosi attorno.

La gente ammutolì. Molti si segnarono, nel silenzio carico di terrore. Di tutte le ipotesi, sembrava la più plausibile e anche la più spaventosa. Così, il giorno dopo fu mandato a chiamare il prete del paese più vicino, per sentire la sua opinione e soprattutto chiedere uno speciale intervento in grado di scacciare la presenza infernale dalla zona. Invece di confermare l'ipotesi, il sacerdote si mostrò molto dubbioso. Perché un demonio doveva portar via un bambino innocente? Perché non travestirsi casomai da bestia feroce e mettere a soqquadro il borgo? Di solito così facevano gli spiriti malvagi. E anche loro, raramente si manifestavano in pieno giorno. Insomma, il prete rifiutò quella pista demoniaca e insisté nella probabilità che il ragazzino si fosse perso, magari all'inizio si fosse nascosto per burla e poi non fosse riuscito a rientrare. Chissà, forse era finito in un crepaccio. Dovevano continuare a cercare, non darsi per vinti.

«Non bisogna mai arrendersi» disse, sollevando un indice con espressione severa. «Mai.»

Tutti rimasero molto colpiti dalle parole, provando anche un fastidioso senso di colpa. A dir la verità, più o meno tutti si erano arresi all'idea che la sparizione fosse opera soprannaturale, insomma se n'erano lavate le mani. Perciò stettero tutti a occhi bassi, presero in silenzio la benedizione impartita dal prete, ma molti, rientrando nelle loro case, bofonchiarono: «Non c'è più da fidarsi neppure dei sacerdoti, non ci capiscono nulla neanche loro».

Qualcuno si spinse addirittura a dire: «Non c'è più religione». Ma lo bisbigliò a fior di labbra, tante volte lo spirito maligno avesse sentito e lo avesse agguantato per trascinarlo all'Inferno.

3

Qualche settimana dopo la benedizione del sacerdote, un secondo bambino sparì. Faceva ancora freddo, ma la neve si era ritirata, qua e là cominciavano ad apparire sprazzi di terra fangosa e qualche ciuffo d'erba.

I bambini erano rimasti chiusi nelle case per giornate intere, poi la tensione si era allentata, e avevano ripreso a uscire, sotto la sorveglianza dei grandi, con l'ordine di non allontanarsi per nessun motivo.

Ma poi c'era bisogno che i bambini dessero una mano con il lavoro. Un paio furono mandati a far pascolare le pecore, un piccolo gruppo a raccogliere rami secchi caduti per il peso della neve e ammucchiati nel sottobosco, qualcun altro fu spedito con l'asino fino al paese vicino per vendere il formaggio.

Insomma, proprio quando la vita aveva ripreso il suo corso normale, un ragazzino non rientrò a casa, la sera. I genitori e i parenti lo aspettarono fino oltre il tramonto, lo chiamarono, poi andarono di casa in casa a chiedere agli altri bambini se lo avessero visto allontanarsi, se per caso qualcuno lo avesse avvicinato. Nessuno però seppe dire qualcosa con certezza.

Di nuovo la gente si sparpagliò per i dintorni, con le lampade che tremolavano nella notte fredda, con fiaccole che emanavano un acre fumo grigio nell'aria. Le grida echeggiarono a lungo nel bosco, le fiammelle baluginarono nell'oscurità come anime in pena. Infine, non rimase che l'odore del fumo ad aleggiare intorno al villaggio, come un tremendo segno di sventura.

La mattina seguente, ci fu una nuova riunione di tutta la gente del villaggio, bambini compresi. Si cercò di capire cosa fosse accaduto.

«Qualcuno vuole farci andare via dalla nostra terra» disse l'uomo che possedeva sei pecore accudite dai suoi due figli più grandi.

«Ha ragione. Vogliono spaventarci, portandoci via i figli» disse il conciatore che però non aveva figli. La sua casa si trovava sul fiume, la cui acqua azionava un mulino per conciare la pelle. Intorno alla sua casa, c'era sempre un odore disgustoso e il tratto del fiume dopo il mulino era sporco come i liquami della stalla. I bambini non si spingevano mai da quelle parti, tantomeno si azzardavano a fare il bagno a valle del mulino, benché laggiù l'acqua rallentasse la corsa e le sponde fossero più larghe. Preferivano osare le rive più scoscese e le pozze a monte, dove il fiume era ancora trasparente ed emanava un profumo di ghiaccio e roccia, di muschio, pioggia, foglie bagnate e dove a pelo d'acqua si vedevano guizzare piccoli pesci.

«E chi potrebbe volerlo? Non è terra ricca, questa» obiettò il taglialegna con la sua voce roca. Anche lui non aveva figli e passava il suo tempo solitario in una catapecchia sul limitare del bosco che conosceva come le sue tasche.

«La terra è terra, e c'è sempre qualcuno che la vuole» rispose un altro tagliaboschi che aveva ben sei bambini e temeva per loro.

«Potremmo chiedere al prete se sa qualcosa...» azzardò una donna, con voce tremante. Anche lei aveva quattro bambini, tra i quali due femmine. Benché fino a quel momento fossero spariti soltanto maschietti, le madri soprattutto temevano per le bambine, più fragili e indifese, si sa.

«Il prete? Che Dio lo benedica, non avete visto? Non sa che pesci prendere. Troppo giovane, li mandano quassù inesperti, per farsi le ossa» rispose un uomo anziano, con voce astiosa. Era lo zio del primo bambino rapito e ora che oltre a suo nipote era scomparso un altro piccolo abitante del villaggio, poté finalmente ripetere quello che all'inizio tutti rifiutarono di credere: «I bambini sono stati rapiti da qualcuno per una ragione precisa. Io e la mia famiglia lo abbiamo detto fin da quando Pinuccio è sparito, ma nessuno finora voleva darci retta». Qui, l'uomo sollevò la voce in tono di rimprovero e quasi tutti abbassarono la testa, in segno di contrizione. «Se non facciamo qualcosa, non finirà qui» concluse, con espressione profetica.

«E cosa possiamo fare?» chiese un'altra donna, in tono

allarmato. «Non togliere gli occhi di dosso dai bambini? È impossibile!»

«Chi taglierà la legna? Chi mungerà le mucche?» intervenne un'altra donna, di rincalzo.

E un'altra voce aggiunse: «E chi laverà i panni al fiume, chi darà da mangiare alle bestie?»

Crebbe un gran mormorio, tutti concordarono, aggiungendo altre urgenze, altre preoccupazioni.

«Già fatichiamo a vivere. Se smettiamo anche di lavorare per guardare i bambini come falchi, che ne sarà di noi?»

4

Dopo una settimana dalla riunione, sparirono il terzo e il quarto bambino. Un'onda di terrore e disperazione investì il villaggio come una tempesta. Oltretutto, stavolta erano scomparsi in due! Non bastava perciò che si raccomandasse ai figli di stare insieme, anche in piccoli gruppi, per difendersi, per lanciare allarmi. Non avendo incontrato ostacoli, chi rapiva i bambini si era fatto molto spavaldo, addirittura avido. Due bambini! Come li aveva trascinati via senza alcun segno, neppure un grido? E, al solito, in pieno giorno. Perché dopo il tramonto non c'era più anima viva in giro, persino gli animali non osavano quasi fiatare. All'imbrunire calava un silenzio di tomba e nelle case si sprangavano porte e finestre, lasciando a malapena trapelare qualche lama di luce all'esterno.

Ma dopo quest'ultima sparizione, le case rimasero serrate anche di giorno. Le porte che finora erano rimaste aperte, le finestre in cui ci si affacciava per chiamare, per chiacchierare, furono sigillate, come per un lutto collettivo. Inoltre, gli abitanti avevano paura anche a uscire con i bambini: era meglio che rimanessero in casa, asserragliati.

I primi giorni addirittura i bambini furono guardati a vista da madri e padri, poi come sempre la vigilanza si allentò. Il lavoro, e la fatica di tenere i figli prigionieri delle mura, mentre fuori il cielo terso sembrava chiamarli con i primi uccelli che fischiavano nell'aria, furono più forti dell'angoscia. Già una settimana dopo, qualche ragazzino poté uscire nell'aia di casa, e andare nel pollaio o nella stalla, qualche altro accompagnò la madre a raccogliere le patate e le carote nell'orto. Un gruppo fu fatto salire sul carro che andava al mercato a vendere legna e ceste intrecciate. Di fronte ai visi angosciati delle madri, uno dei due contadini disse, severo: «Il pericolo non è laggiù, ma qui. Il male è dentro il paese».

Eppure, nel veder partire il carro lungo la strada sterrata, alcune donne scoppiarono a piangere, quasi i suoi figli fossero stati esiliati. Anche se il pericolo era lì, nascosto da qualche parte, le madri non avrebbero mai lasciato che i loro figli se ne andassero in un posto più sicuro e furono felici quando, prima dell'imbrunire, il carro rientrò con tutti i bambini sani e salvi ed euforici per il viaggio, la giornata al mercato tra la gente, i banchi, e tutto quel cibo esposto, così tanto che neppure ci si poteva immaginare. E poi tutte quelle belle cose da vedere, le statuette, i vestiti, i tappeti, e c'erano artigiani che mostravano tanti mestieri: come intrecciare un tappeto, come cardare la lana, e come si ricavava il cuoio dalla pelle, come si lavorava la pasta di legno... I bambini continuarono a parlarne, e sognare il mercato, per giorni e giorni, anche dopo il nuovo, terribile colpo che arrivò inaspettato nel villaggio. Il rapimento del quinto bambino, a quanto pareva scomparso dal cortile di casa.

Una cortina gelida di sospetto calò in tutte le case, si depositò come una bava velenosa sui muri, si mescolò al fango del terreno, s'incollò ai vestiti della gente, penetrò come un vapore malefico nella mente di ogni abitante. Ciascuno iniziò a sospettare dell'altro: del vicino, dell'amico, del parente. Si cominciò a dubitare dei comportamenti, a sorvegliarsi l'uno con l'altro.

I sospetti cominciarono a serpeggiare condensandosi su alcune persone: i primi bersagli furono madre e figlia anziane, che vivevano in una casetta e coltivavano un piccolo orto. Non avevano figli, la giovane non era neppure sposata. Che fossero streghe?

Nessuno finora aveva pensato che il rapitore fosse una donna. Si era parlato di demoni, di gente che voleva cacciare i taglialegna da quella terra, ma non si era mai preso in considerazione la faccenda più ovvia, più normale: la cattiveria femminile, l'invidia di donne malvagie e senza famiglia, la stregoneria! Invece, chi meglio di una donna giovane, apparentemente innocua, poteva avvicinare i bambini senza farli allarmare? E chi, se non una strega, poteva farli scomparire? Il motivo? L'odio per i bambini. Ma poi una strega aveva bisogno di ragioni?

Così mormoravano le donne, le madri, tra loro. Così cominciarono a dirsi gli uomini. Il sospetto divenne subito giudizio senza processo, senza appello. Le due donne erano streghe, il male era lì.

Così, due giorni dopo la sparizione dell'ultimo bambino, una notte l'orto delle due donne fu devastato, e fu appiccato fuoco alla casa. Nessuno intervenne per aiutarle, nessuno uscì di casa. Le fiamme si alzavano alte, illuminando il villaggio buio e silenzioso dove le famiglie rimanevano rinserrate.

Le sciagurate scapparono di casa e assistettero impotenti alla distruzione della loro casa. Soltanto quando il fuoco ebbe divorato quasi tutto, per timore che si propagasse alle altre case arrivò un carro con l'acqua del fiume e ne scese il conciatore e altri due uomini che, muti, senza neppure guardare le due disperate, spensero le fiamme.

Alle donne non restò che caricare il vecchio asino delle poche cose salvate e andarsene dal villaggio senza che nessuno le accompagnasse o le aiutasse. Senza neppure un saluto. Qualcuno anzi commentò: «Ringrazino la loro sorte che questo è un villaggio di brava gente, di gente troppo buona. Altrimenti ci avrebbero lasciato la pelle, quelle due».

Una donna aggiunse: «Quelle brutte streghe» e sputò per terra.

5

Dopo l'incendio della casa delle presunte streghe e la loro partenza, il villaggio sembrò tirare un sospiro di sollievo.

Restava sempre il dolore e il mistero dei cinque bambini scomparsi, ma in qualche modo pareva che il male fosse stato allontanato e che d'ora in poi le cose sarebbe tornate a funzionare come un tempo. Povertà, fatica, anche fame si potevano affrontare. Si era sempre fatto. Purché non si toccassero i figli, che con quelle cinque sparizioni avevano lasciato un enorme vuoto nelle case e nello stesso villaggio che contava un numero abbastanza ristretto di persone e invece aveva tanto bisogno di braccia per lavorare.

Nel gruppo di bambini scampati ai rapimenti ce n'era uno che tutti definivano "un po' particolare". Era il più piccolo di tutti, ma non per età. Non era mai cresciuto molto in altezza, e presto lo avevano chiamato con un nomignolo buffo: Pollicino, perché era corto e tozzo come il dito della mano.

Però, proprio per la sua relativa altezza, il ragazzino era di grande aiuto in casa. Era l'unico che riusciva a infilarsi nel camino per pulirlo, così era chiamato in quasi tutte le case per spazzare la cenere, e ricompensato con ogni genere di cibo. Era l'unico che potesse entrare nel sottobosco a raccogliere i funghi nascosti sotto gli arbusti, l'unico che riuscisse a infilarsi nel sottotetto a prendere le uova dei colombi. Insomma, uno che davvero poteva mettere le mani dappertutto, e insieme alle mani, anche le orecchie, ascoltava e ragionava.

Non visto, aveva partecipato a tutte le riunioni degli adulti per l'emergenza dei rapimenti. Aveva assistito all'incontro con il prete, aveva ascoltato i commenti delle persone, aveva seguito chi l'uno chi l'altro nelle loro case, aveva confrontato le abitudini. Aveva preso nota del taglialegna che viveva da solo in una casetta ai margini del bosco e del conciatore che se ne stava nel suo lezzo vicino al fiume. Aveva spiato le donne accusate di stregoneria.

Ma aveva anche osservato tutte le persone che potevano avere un buon motivo per sbarazzarsi di bambini facendo credere che fossero rapiti. Per esempio la famiglia numerosa del tagliaboschi, che stentava a nutrire i sei figli. Con qualche bocca in meno da sfamare, magari sarebbe andata meglio per tutti. E così era andata: i due scomparsi in coppia erano proprio i bambini del tagliaboschi. E che dire del secondo bambino svanito? Non era forse uno dei più miseri del villaggio, il figlio dello straccivendolo che ne aveva due, un maschio e una femmina? La bambina poteva ancora dare una mano in casa e nell'orto, e poi aveva molto meno appetito del ragazzino sempre affamato, allampanato e magro come uno stecco.

Magari il primo bambino era stato davvero preso da una belva feroce, e trascinato chissà dove. In casa sua non se la cavavano male e non c'era motivo perché se ne sbarazzassero. Ma da quel momento in poi, qualcuno poteva avere approfittato della tragedia per liberarsi dei propri fardelli.

Pollicino aveva sentito con le sue orecchie, quando era chiuso nei camini, quando raccoglieva la legna tra gli arbusti, lamentarsi questo o quello, sfogarsi così: «Il ragazzino ha sempre fame, porta via il pane di bocca a tutti. Ruba persino gli avanzi al cane!»

«Questo figliolo è una peste, è disobbediente, sfaticato...»

«Il mio secondo è bugiardo, e non ha rispetto per nessuno.»

Poi, davanti alla gente, tutti a mostrare attaccamento ai figli, a cantarne le lodi, tutti pronti a dichiarare che si sarebbero buttati nel fuoco per i loro bambini.

Invece nel fuoco erano quasi finite due donne che non avevano né figli né nipoti ma neppure una ragione particolare per rapirli, considerando che a malapena riuscivano a sopravvivere da sole. Perché arrischiarsi in una simile impresa? Per mangiarli? Ma la vecchia non aveva più neppure un dente e alla meno anziana ne restavano pochi in bocca. Per gusto di uccidere? Ma le due donne non ammazzavano neppure la loro gallina, neanche i due conigli che avevano nell'orto. Invece, la notte dell'incendio, quel gruppo di uomini nascosti da mantelli non si erano fatti scrupoli ad accoppare conigli e gallina, a rompere, strappare le piante e ad appiccare il fuoco alla casa. In più, nessuno aveva mosso un dito per impedire che le disgraziate bruciassero tra le pareti. Magari speravano che andasse in questo modo, invece quelle si erano lanciate tra le fiamme, e si erano salvate.

Pollicino aveva visto tutto. Aveva riconosciuto gli attentatori uno dopo l'altro. Uno aveva ai piedi fasce di lana, anziché zoccoli o scarponi. Non poteva che essere il pastore. Un altro era alto, robusto, e portava un cappellaccio da cui uscivano ciuffi di capelli. Era il taglialegna solitario. Un altro zoppicava un poco, ed era di sicuro lo zio di Pinuccio, il primo scomparso. Un altro emanava un odore pungente. Era il conciatore che, infine, era corso via ed era tornato con il carro carico con un barile d'acqua per spegnere gli ultimi resti e impedire il propagare del fuoco al resto del villaggio.

Proprio brava gente.

Pollicino sarà stato anche il più piccolo del mondo, ma il suo animo era più grande di quei cinque tizi messi insieme. E, anche se aveva solo dieci anni, non credeva più da un pezzo alle streghe.

6

Pollicino era convinto che i rapimenti non fossero affatto cessati. Presto o tardi qualche altro bambino sarebbe scomparso e bisognava prepararsi. Bisognava elaborare un piano.

Così, fin dal giorno dopo la famosa cacciata delle streghe, andò fino alle rive del fiume e si mise a raccogliere un bel mucchio di sassolini bianchi.

Era andato laggiù tutto solo, sfuggendo al controllo dei suoi genitori che lo credevano intento a pulire le gabbie dei conigli. Benché le streghe fossero state scacciate, nel paese serpeggiava ancora il timore e i bambini erano tuttora tenuti sotto sorveglianza, quanto meno dai fratelli più grandi. Ma Pollicino non aveva fratelli più grandi. E confidava nel fatto che, così piccolo com'era, sfuggisse alla vista anche di chi portava via i bambini. E poi, chissà come mai, non sentiva paura. Forse non c'era abbastanza spazio, nel suo corpo, per la paura e il coraggio insieme. Bisognava scegliere, e Pollicino aveva deciso di essere coraggioso.

Mentre era lì che sceglieva le pietruzze più chiare, incontrò il conciatore che viveva nel mulino a poche centinaia di metri più a valle. L'uomo, piuttosto robusto, stava procedendo abbastanza cauto e con un passo un po' saltellante. Ma il mantello lo copriva fin quasi ai piedi e il ragazzino si domandò cos'avesse da nascondere, con quell'aria circospetta. Inoltre si chiese come mai il conciatore camminasse in quel modo così strampalato, quasi in punta di piedi, un po' come una gru dentro una pozza d'acqua.

«Che stai facendo qui da solo?» esordì l'uomo, in tono abbastanza brusco.

«Niente. Sto raccogliendo pietre per il mio giardino» rispose lui con aria innocente.

«Va' subito a casa!» ordinò l'uomo. «Non è sicuro che tu vada in giro senza qualche adulto, così lontano dal paese.»

«Veramente non è così lontano» rispose Pollicino. «E poi, le streghe non ci sono più» aggiunse, assumendo un'espressione canzonatoria.

«Ci sono sempre gli animali feroci» disse quello, aggrottando la fronte. «E un nanerottolo come te gli fa ancora più gola.»

Pollicino non batté ciglio e rispose di getto: «E tu non hai paura di queste bestie feroci? Tanta ciccia piace più di poca roba come me».

A quel punto, l'uomo tirò fuori una mano dal mantello per affibbiargli uno scappellotto. Pollicino però si ritrasse e la mano schiaffeggiò l'aria. In quel modo, però, il mantello si aprì e mise in mostra quel che l'uomo indossava. Da mezza coscia, le gambe e i piedi erano fasciati in un paio di stivali di un vivido color arancio, con tanto di tacco. Ecco perché arrancava sul greto sassoso.

Pollicino scoppiò a ridere. «Che roba è quella?»

«Cosa ridi, stupida pulce?» s'infuriò l'uomo.

«Ihihihih! Che scarpe sono, queste?»

«Sono stivali, tonto. Li ho fatti con le mie mani, e li venderò a persone ricche e di gusto.»

«Ma se non ci sai nemmeno camminare!» ribatté Pollicino, piegandosi in due dal ridere. «Sembra tu stia sulle uova!»

«Li sto solo provando, idiota. Invece sono morbidi e perfetti, con questi si può camminare per sette leghe!»

«Sì, sette piaghe, ecco cosa ti viene a camminare in quel modo!»

«Brutto insolente!» strillò il conciatore, allungandosi per agguantarlo, ma lui saltò all'indietro e si mise a canzonare l'uomo: «Vediamo se mi prendi con quelle belle scarpe ai piedi!» Poi saltellò via come una lepre.

Il conciatore mosse qualche passetto, ma gli stivali lo intralciarono, perse l'equilibrio e il piede si piegò di lato, sprofondando nel terreno. «Si è rotto un tacco!» strillò furioso.

Pollicino non lo sentì neppure. Ormai era a casa, con il suo sacchetto di sassolini ben stretto in mano.

7

Il sesto bambino, neanche a dirlo, non era andato nel bosco, né al fiume, non era per strada, né nell'aia... eppure era scomparso.

La famiglia se ne accorse all'ora di cena, quando si riunirono intorno alla tavola.

«Ginetto?» chiese la madre alle due sorelle. «Non era con voi?»

«Ma no. Era con Paolino» disse la più grande.

E Paolino, l'interpellato, che stava già allungando il cucchiaio verso la zuppa: «Io non l'ho più visto dall'ora di pranzo».

La madre strillò, già in ansia: «Siete andati insieme nel solaio!»

«Sì, ma poi io sono sceso e sono andato ad accompagnare loro due alla cisterna», e il ragazzo indicò le due sorelle. Poi, di fronte agli occhi sbarrati della madre e l'espressione tremenda del padre, aggiunse: «Siete stati voi due a dirmi di non lasciare mai sole le mie sorelle... Che ne sapevo...»

Le parole gli morirono in gola, mentre il padre si sollevava di scatto dalla sedia, facendola cadere per terra con un tonfo che fece tremare la cucina. La madre, che invece era in piedi, si afflosciò sulla sedia, portandosi le mani alla gola, come se si sentisse soffocare.

L'uomo perlustrò la stanza del piano superiore, gridando, poi scese come una furia e uscì di casa, chiamando a gran voce prima il nome del figlio, poi i nomi dei parenti, che accorressero. Le due ragazze scoppiarono a piangere e si abbracciarono strette, mentre il fratello grande, Paolino, divorava in fretta una pagnotta di pane, prima di uscire appresso al padre.

«Non andare!» gridò allora la madre, lanciandosi dalla sedia per afferrare il figlio. Il movimento fu brusco, e la donna cadde alla cieca in avanti, e batté la testa contro la porta. Le figlie accorsero e la videro immobile, con il sangue che le usciva dalla fronte. Strillarono finché non sopraggiunsero le vicine, che soccorsero la donna e calmarono le figlie.

Fu un autentico sconquasso che durò per tutta la notte, fino all'alba. Perché Ginetto era scomparso in modo davvero incomprensibile, apparentemente era stato rapito da dentro casa, mentre i genitori erano nel bosco, le sorelle e il fratello maggiore alla cisterna.

Come al solito, nelle prime ore le ricerche furono frenetiche, approfittando del chiarore dopo il tramonto e prima dell'imbrunire, poi con le fiaccole, intorno al villaggio in cerca di tracce, e dentro le case, perché la gente voleva mostrare di non avere nulla da nascondere. Il calpestio dei ricercatori, il loro vagare in tondo, però, confondevano le tracce che la mattina presto, appena prima dell'alba, Pollicino andò a cercare, scrutando il terreno intorno alla casa con la massima attenzione.

Si trattava dei sassolini bianchi. Ne aveva distribuita una buona manciata a ogni bambino, da tenere sempre in tasca, all'oscuro dei genitori.

«Perché non dobbiamo avvertirli?» aveva chiesto uno dei bambini più piccoli. «Loro devono sapere tutto.»

«Ma questo deve essere il nostro massimo segreto» si raccomandò Pollicino. «Uno dei grandi potrebbe essere il rapitore, e non deve sapere.»

«Uno dei grandi, vuoi dire uno dei genitori?» aveva chiesto una bambina, a occhi spalancati per il terrore.

Pollicino si era stretto nelle spalle. «È uno dei grandi, non so se è un genitore. Meglio essere prudenti, giurate di non parlare.»

E tutti avevano giurato.

Così, anche Ginetto aveva in tasca la sua provvista, e se aveva avuto un po' di prontezza, aveva lasciato cadere i sassolini, uno alla volta, come gli aveva raccomandato Pollicino.

Tutte quelle impronte di zoccoli che affondavano nella terra avevano smosso le zolle, per non parlare delle zampe dei cani che avevano grufolato nell'orto, annusando dappertutto invano. Pollicino camminò intorno alla casa in cerchi sempre più larghi, finché... Eccolo! Era un sassolino bianco! Inconfondibile sul terreno scuro, a cento passi dalla casa. Be', cento passi di Pollicino erano la metà per un uomo. Ma il sassolino era sul retro della casa, e Pollicino perlustrò più avanti, in quella direzione. Ecco altri due sassolini candidi, tra l'erba. Non c'era dubbio, la direzione era verso la parte più alta del villaggio. Un altro sassolino e ormai era ben chiaro dove era stato portato Ginetto. Altri due sassolini e si entrava nel bosco.

Stava spuntando l'alba, e qui c'erano molti rumori: richiami di uccelli, fruscii tra gli arbusti, scricchiolii, frulli d'ali, ma Pollicino non se ne curava. Gli occhi erano incollati al terreno dove ogni tanto faceva la sua comparsa un puntino bianco. Ginetto era stato molto scrupoloso, aveva lasciato cadere un sassolino alla volta, non tutti insieme, ma neppure troppo lontani uno dall'altro. Era stato davvero bravo: come aveva consigliato Pollicino, aveva contato i passi. Finché... cos'era successo qui? Proprio davanti a una grande quercia, i sassolini si interrompevano in un piccolo mucchio.

Pollicino sentì il cuore accelerare nel petto. Dov'era finito Ginetto? Dentro la quercia? Guardò tutto intorno, guardò bene il tronco dell'albero. La corteccia era stata sbrecciata fino a una certa altezza, più o meno quella di un uomo.

A Pollicino non restò che tornare indietro. Ora sapeva a chi fare una visita di prima mattina.

8

La casa era abbastanza piccola e molto semplice. Nessun orto di lato, né giardino, neppure i soliti animali, le galline, le oche, i colombi, che razzolavano intorno alle abitazioni del villaggio e si spingevano sulla fangosa strada principale, starnazzando e chiocciando.

Sarà stato per quello che il posto sembrava deserto. Finestre chiuse, porta sbarrata. Un gran silenzio. Gli unici rumori provenivano da molto lontano: l'abbaiare del cane del pastore, legato alla catena, lo stridio di qualche uccello molto in alto, oltre le fronde. La casetta, con le due finestre di lato all'uscio chiuso, sembrava osservare di sottecchi Pollicino mentre si avvicinava e si fermava a qualche metro dai tre scalini che portavano all'ingresso. A differenza delle altre case del paese incollate a terra, questa stava poggiata su una piccola terrazza con la tettoia.

Casa di boscaiolo, era tutta di legno, con tanto di balaustra davanti, dov'erano poggiati gli strumenti del mestiere protetti da un telo di lana e dove si ammucchiavano recipienti, pale, corde, una sedia sfondata, una ruota, briglie, una bisaccia, teli, roba sparsa alla rinfusa, come se il proprietario raccogliesse lì un po' di tutto, in caso di qualsiasi necessità.

Dopo la lunga occhiata alla casa, Pollicino si portò le mani a cono sulla bocca e gridò: «Ehi, c'è nessuno?»

La porta si spalancò. «Avanti, entra!» tuonò una voce, da dentro.

«Non ci penso neppure» ribatté Pollicino, puntando i pugni sui fianchi e allargando le gambe, i piedi ben piantati a terra, in una posa combattiva. «Esci tu!»

«Non vedo perché. Sto finendo la colazione» brontolò la voce.

Allora Pollicino, sempre più spavaldo, minacciò: «Se non vuoi che ti vada di traverso, esci. Altrimenti correrò verso il paese, urlerò con quanto fiato ho in gola e farò venire qua tutti quanti».

Sulla porta si stagliò la figura imponente del taglialegna, in maniche di camicia e con un pezzo di pane in mano. «Urla pure. Non ho fatto niente, io.»

«Dipende. Già si sentono molte voci sul tuo conto... Se io strillo, la gente non aspetterà che tu protesti. Ti bastonerà e ti brucerà la casa. Come si fanno queste cose lo sai meglio di me» concluse Pollicino.

Il taglialegna s'infilò il pane in tasca, e mise su un'espressione scurissima in faccia. «Cosa stai dicendo, mezzo cippo che non sei altro?»

«Mi riferisco al fatto di bruciare le case di gente innocente... Fatto una volta, si può ripetere, non ti sembra?»

Il taglialegna fece per scendere gli scalini, poi ci ripensò e fece segno a Pollicino di andarsene, sollevando un braccio in aria. «Ma vattene, non ho tempo da perdere con un ragazzino malizioso.»

«Invece sarà meglio che tu perda un po' del tuo tempo, perché c'è qualcosa che ho scoperto e che credo ti interessi.»

«Sbrigati a parlare.»

«Stamattina molto presto ho fatto un giretto nel bosco. Ho visto che stai lavorando molto, e mi domando come tu faccia. Oltre a te, ci sono soltanto due tagliaboschi in paese. Mentre la richiesta della legna è molto cresciuta.»

«E tu che ne sai?» ghignò il taglialegna. Fece un passo in avanti, e Pollicino ne fece uno indietro, ordinandogli: «Resta lì, altrimenti scappo via…»

«Sì, ho capito, lo hai già detto.» Il taglialegna posò una mano sulla balaustra e vi si appoggiò. «Così va bene?»

«Benissimo. Allora, mi dici come fai per il lavoro?»

«Non sono cose che ti riguardano. Te ne accorgerai quando comincerai a renderti un po' più utile invece di ficcare il naso negli affari altrui.»

«Ma si dà il caso che a ficcare il naso, come dici, ci si rende utili eccome. Per esempio si scoprono tante cose. Come il fatto che vorresti aumentare il lavoro, costruire un deposito, metterti d'accordo con certa gente del paese vicino per sfruttare il bosco molto di più che per quel poco che fate ora.»

Il taglialegna non sembrò sorpreso. Restò in posa rilassata, appoggiato alla balaustra che un po' scricchiolava sotto il suo peso. «E tu come lo sai? Non è che viaggi un po' troppo con la fantasia?»

«Lo so perché ne hai parlato con un altro tagliaboschi, quello che ti dà una mano...»

Stavolta l'uomo ebbe una reazione, si sollevò di scatto e domandò, in tono collerico: «Te lo ha detto lui?»

«No, vi ho sentiti. Ero nascosto. E ho cominciato a mettere insieme questa tua idea con la chiacchiera che gira in paese e che tu hai negato: che qualcuno voglia cacciare gli abitanti. E se fosse così per mettere una grande impresa di legname al posto delle case?»

Il taglialegna scoppiò a ridere all'improvviso. «E tu pensi che io possa fare una cosa del genere: mandare via la gente, impiantare una grossa attività... Mi credi un mago?»

Pollicino restò sconcertato per qualche istante. Poi replicò, con sicurezza: «Non saprei, ma ho visto che hai cominciato a scortecciare gli alberi. La legna non serve solo per scaldare o per fare i mobili o le case».

«Bravo, bella scoperta. Lo hai imparato al mercato?»

Pollicino si strinse nelle spalle. Sì, al mercato aveva visto quante cose si potevano fare con la legna: ceste, ruote, carri, tavoli, panche, pavimenti, statuette, bicchieri, piatti, giocattoli, e poi cose insospettabili come i libri. Dalla legna si otteneva anche una pasta per fare la carta: chi lo avrebbe mai detto? Una cosa così leggera e sottile prodotta da un tronco così pesante e spesso?

«Però io la legna la taglio e basta. Potremmo lavorare di più, certo, ce ne sarebbe bisogno. Ma non mi serve cacciare la gente, io vorrei che più uomini lavorassero con me, invece di stare dietro alle bestie. Invece di cercare funghi o mettere trappole per le lepri, raccogliere le ghiande e le castagne, spargere i lacci per gli uccelli…»

Pollicino sollevò l'indice e glielo puntò contro. «Pensi che il bosco sia tutto tuo?»

Il taglialegna si alterò: «Nessuno lo conosce meglio di me, questo bosco. Conosco le piante una per una».

«Già, finché le tagli tu, va bene, ma…»

«La gente non sa trattare gli alberi. Spezza i ramoscelli, toglie la corteccia, manda le capre a brucare dappertutto, a scoprire le radici, e i bambini, poi…»

«I bambini?» insisté Pollicino, corrugando la fronte.

Il taglialegna sollevò di nuovo la mano in aria. «Cosa fai in giro all'alba? I genitori cosa fanno? Non sorvegliano, poi piangono! Vai a casa, di corsa! Prima che ti succeda qualcosa di brutto.» Si raddrizzò e si precipitò verso le scale.

Pollicino si prese un grande spavento. Fece un balzo all'indietro, si voltò e corse via come un fulmine, senza neppure voltarsi. Con il cuore in gola, protetto dalle pareti di casa sua, gli sembrava ancora di sentir risuonare nelle orecchie la brutta risata del taglialegna.

9

Dopo la sparizione di Ginetto, fu categoricamente proibito di allontanarsi da casa a tutti i bambini, compreso Pollicino, che non poté quindi tornare al fiume per una nuova scorta di sassolini bianchi. Non aveva serbato neppure una manciata per sé e ora, dopo aver meditato un nuovo piano, non aveva modo di lasciare tracce visibili.

In ogni caso, doveva agire al più presto, prima che qualche altro bambino scomparisse. Bisognava anticipare le mosse del rapitore e farlo in quelle notti di luna piena, in modo da avere il vantaggio della visibilità. Doveva essere lui il prossimo prescelto, non altri innocenti e timorosi. Il settimo sarebbe stato il ficcanaso, la spina nel fianco: Pollicino.

Alla fine, si risolse di mettersi in tasca un pezzo di pane. Lo avrebbe fatto a pezzi e fatto cadere le briciole una alla volta, come i sassolini.

Quella notte, dopo che i suoi genitori furono andati a letto, scivolò fuori dalla stanza, attraversò la casa silenzioso come un gatto e uscì nell'aria fresca e pungente, odorosa di fieno, tra le case illuminate dal candido chiarore di una luna crescente, quasi piena. Si era avvolto in un manto scuro e procedeva svelto, scivolando tra le mura come un'ombra.

A pochi passi da casa, iniziò a sbriciolare il pane e lasciò cadere pezzetti lungo la strada, camminando. Si diresse ancora una volta verso il bosco, e appena gli ultimi tetti furono fuori dalla vista, smise di essere cauto e anzi cominciò a camminare con passi pesanti, spezzando rami. Si mise addirittura a canticchiare.

Il bosco non gli faceva paura. La luna inondava i rami e le fronde colorandole d'argento, il sentiero appariva ancor più bianco contro gli arbusti scuri, e la luce rischiarava il sottobosco, dove frusciavano gli animali che si destavano dopo il tramonto. In alto, tra le fronde un usignolo gorgheggiava, e questo richiamo rassicurò Pollicino che procedette temerario verso la quercia, lasciando dietro di sé la scia di briciole di pane.

D'un tratto, sentì qualcosa muoversi sopra di sé. La quercia dalla corteccia tagliata via si trovava poco avanti e da un punto imprecisato sopra la sua testa qualcosa si mosse, volteggiò, come un lenzuolo sbattuto dal vento nel cielo. Pollicino alzò la testa e vide una figura alata, candida come la neve, librarsi proprio sopra di lui e volare verso la quercia. Era un uccello magnifico, che si posò su un ramo, chiuse le ali e girò la testa verso il ragazzo. Mostrò una faccetta tonda e bianca come la luna, con occhi cerchiati e un becco adunco al centro, simile a un gancio appeso tra due globi luminosi.

«Un allocco!» esclamò Pollicino, emozionato di vedere

quel rapace notturno a pochi passi da lui, fermo a guardarlo. Subito, l'uccello aprì le ali, e sembrò avvertirlo. Ma Pollicino non fece in tempo a reagire. Un telo nero piombò su di lui, mentre una voce sibilava: «Proprio un allocco come te!»

10

Nello stesso momento in cui Pollicino veniva intrappolato davanti alla quercia, lontano da lì, nella sua casa, ci fu un fracasso infernale. I suoi genitori si destarono di colpo, sollevandosi come due molle.

«Che succede?» strillarono, spaventati. Lo schianto arrivava dalla cucina, dal piano inferiore, e ancora si sentiva un rotolare, un tintinnare, che faceva pensare a qualcuno che camminasse o che forse si affrettasse a uscire.

«Aiuto!» strillò subito la mamma di Pollicino e si precipitò ad aprire la finestra. «Aiuto! Correte, aiuto!»

Il padre, invece, afferrò un bastone e si diresse verso le scale, quasi tentoni. Nessuno dei due aveva pensato di accendere il lume, dal momento che entrava sufficiente luce dalla finestra.

Dalle case vicine giunsero voci, qualcuno si affacciò alla finestra: «Che accade?»

«Aiuto!» ripeté gridando la donna. «I ladri! Correte, correte!»

Nel frattempo il marito era sceso giù per le scale, e irrompeva in cucina, dove non c'era nessuno, se non un mucchio di pentole e tegami caduti a terra dalla mensola. La porta era chiusa, ma non serrata, e l'uomo la spalancò. In quel mentre arrivarono i vicini trafelati, ancora mezzi svestiti, scalzi, armati di zappe e pale raccolte in fretta.

«Dov'è? Dove sono?» chiesero gli uomini.

Intanto, la donna, dal piano di sopra, lanciò un altro urlo e si spencolò dalla finestra: «Aiuto! Ahimé! Prendetelo! Cercatelo!»

«Ma chi, cosa dici?»

«Pollicino!» La voce si soffocò in un singhiozzo.

«Pollicino cosa?» chiese il marito, a occhi sgranati, temendo la risposta.

«Rapito, l'hanno rapito!» riuscì a dire lei, prima di portarsi le mani alla faccia.

Gli uomini ebbero un moto di furore, dalle bocche uscì una specie di ruggito. Impugnarono più strette le zappe, le pale, corsero sulla strada così com'erano, mezzi vestiti, con gli zoccoli ai piedi. Altri si precipitarono a prendere le fiaccole, e ad armarsi di asce. Alcune donne corsero a casa di Pollicino a soccorrere la madre disperata, altre si occuparono dei bambini, ma qualcuna si unì agli uomini. Mentre il gruppo si stava muovendo, una ragazzina si parò davanti a tutti e disse: «Lo so io come trovarlo!»

«Cosa dici, come, chi?» gridarono gli altri.

«Pollicino. Ognuno di noi aveva dei sassolini bianchi in tasca, per lasciarli cadere e farsi trovare. Dobbiamo seguire i sassolini.»

La gente si fissò per qualche istante, perplessa, poi guardò a terra, lungo il sentiero.

«Non ci sono sassolini!»

«Guardate bene, controllate!» si raccomandò la bambina, esaminando il sentiero e il terreno circostante.

Ma di sassolini, non c'era traccia. Invece, c'erano briciole di pane, ma nessuno ci fece molto caso.

11

La luna era proprio a picco sopra il bosco, e sembrava rimpicciolita, salendo così in alto nel cielo. Era diventata come un unico occhio bianco aperto nell'immensa faccia nera della notte, e scrutava tra i rami della grande quercia le due figure accovacciate lì davanti.

«Ma sai che sei un bell'impiccio?» commentò il taglialegna, dopo aver liberato Pollicino da sotto la tela. Si era seduto a terra, affaticato, e anche il ragazzo si era seduto, accanto a lui.

«Mi domando cosa stavi facendo qui a quest'ora» ribatté il ragazzo. «Oltre a catturare bambini, ovviamente.»

«Aspettavo qualcuno» disse il taglialegna «che con tutta la confusione che hai fatto tu, si è dileguato.»

«Ma io facevo confusione per essere preso.»

«Bravo! Bell'idea. E una volta catturato, che avresti fatto?»

«Prima dimmi chi aspettavi» ribatté piccato Pollicino. Il taglialegna gli dava sui nervi, con quell'aria un po' da prepotente e quella smania di mettergli dubbi e paure addosso.

«Quello che scortica le querce» rispose l'uomo, rabbuiandosi.

«Cosa t'importa? Questa mania di essere il padrone del

bosco! Sarà qualcuno che se ne serve per fare quadri o...» osservò Pollicino, ma si interruppe, pensieroso.

Il taglialegna spiegò: «Mi importa eccome. Non mi piace che si sfasci il legname in questo modo furtivo, senza chiedere a noi tagliaboschi, senza capirne l'utilità... Mi ascolti?»

«Certo» annuì Pollicino, svagato.

«Non mi hai detto come pensavi di cavartela una volta catturato.»

Il ragazzo sospirò. «Ho organizzato una piccola sveglia in casa mia: alcune pentole in bilico su una mensola, con un legnetto che le trattiene. Nel giro di poco tempo, crolleranno, anzi, dovrebbero essere già cascate e aver fatto un bel rumore.»

«Per svegliare i tuoi e farli venire sulle tue tracce. Sei certo che vedranno dove sei andato?»

«Ho fatto cadere briciole di pane» rivelò Pollicino. Aveva un'aria meditabonda, come se di tutto questo non gli interessasse più niente.

Il taglialegna scoppiò a ridere. «Che ingenuità! Briciole di pane! Saranno sparite nel giro di pochi minuti. Il bosco pullula di animali e insetti, anche di notte.»

«Già.»

«Si può sapere cos'hai, tronchetto? Si vede benissimo che ti gira in testa qualcosa» osservò allora il taglialegna, un po' seccato.

Pollicino lo fissò. «Ti ricordi quando ti ho detto delle cose che si fanno con la legna?»

«Veramente non me lo hai detto quali cose. Mi hai detto che se ne fanno tante. Parecchie le so anch'io, non sono uno zoticone che taglia i rami e finisce lì» s'impettì l'uomo.

«Lo sapevi che si fanno anche i libri?» lo sfidò Pollicino.

«I libri di legno? Un po' pesanti, però...»

«Ma no, si usa una sostanza dell'albero per fare i fogli di carta, l'ho visto in un laboratorio... E poi... Ecco! Ora ricordo!» s'illuminò il ragazzo, scattando in piedi come una molla. «Ma sì, la corteccia di quercia! Ecco a cosa serve!»

«A cosa serve?» gli fece eco l'uomo, ma Pollicino non aveva più tempo. «Corri in paese, chiama la gente! E venite subito al fiume, al mulino del conciatore!» gridò, correndo via.

«Fermati!» cercò di trattenerlo il taglialegna. «Vengo con te!» Ma prima che si fosse alzato anche lui, il ragazzo era già scomparso dalla vista. E nel frattempo il bosco si stava riempiendo delle voci concitate e dei richiami della folla in cerca del settimo bambino, apparentemente rapito durante il sonno.

12

Pollicino correva a rotta di collo, giù per il ripido sentiero che portava verso il fiume, correva come una volpe, piccolo e svelto. Già alle orecchie gli arrivava il rumore della corrente e della ruota del mulino che rovesciava l'acqua con il suo rumore ritmico, sciaguattante, e presto gli arrivò l'odore nauseabondo che usciva dal camino fumante, un odore che non era di legna, ma di vapori che riempivano la bocca di un sapore dolciastro e acre insieme. L'odore che spargeva intorno a sé il conciatore e che soltanto adesso che lo inalava in tutta la sua acutezza, Pollicino poteva ricordare di aver sentito anche vicino al tronco della quercia.

La corteccia di quercia! Ma come aveva potuto non pensarci subito? Eppure, era così semplice! Serviva per la concia vegetale della pelle, ecco a cosa serviva. Uno strato di pelle e uno strato di corteccia, dentro una fossa con le pareti di legno: così le pelli assorbivano le sostanze che le trasformavano in cuoio. E sì che Pollicino aveva persino incontrato il conciatore, con quei ridicoli stivali indosso! Come aveva fatto a non mettere insieme le cose? Gli stivali per i gran signori, una nuova produzione, più cuoio e dunque un gran lavoro di conciatura…

Ormai il mulino era lì davanti a lui, con la ruota che affondava nel fiume e girava ininterrottamente. Sotto i raggi lunari, sembrava un gigantesco animale sbuffante, che sorbiva il fiume con lunghe sorsate e trasformava l'acqua trasparente in vapori pestilenziali che fumavano dal tetto, come fiati, e in un liquido nero che bruciava le rive quasi fosse brace.

Le finestre erano sbarrate, non trapelava alcuna luce all'esterno, ma là dentro, nel corpo di quel mostro accovacciato, ferveva il lavoro. Bisognava riuscire a insinuarsi là dentro. Pollicino osservò bene tutto l'edificio. Notò il tetto avvolto nel fumo. Oltre al comignolo, qualcos'altro emetteva vapori verso il cielo: uno sfiatatoio? Forse un abbaino? Carponi, si avvicinò alla gronda e si arrampicò su, com'era solito fare, cercando appigli nel muro. In breve, scalò la grondaia e arrivò sul tetto. La luce lunare sembrava appannata, là sopra, da una nube sprigionata proprio da due abbaini spalancati che sbuffavano come due enormi narici.

Pollicino si portò il fazzoletto legato al collo sopra la bocca e il naso prima di penetrare dentro uno dei due fori. Una volta dentro, gli sembrò di essere inghiottito da un fiato bruciante. Gli occhi presero a lacrimargli. Il vapore si condensava là sopra, e l'odore era nauseabondo. Pollicino si portò una mano alla bocca protetta dal fazzoletto, per trattenere i conati di vomito. Doveva allontanarsi subito da lì. Si guardò intorno, cercò le scale per scendere dalla soffitta e, a passo felpato, trovò una scala a pioli che sbucava da un'apertura nel pavimento, da cui salivano i miasmi. Con grande cautela, Pollicino si calò giù e si trovò al piano inferiore.

A differenza delle case del villaggio, il mulino non aveva camere e cucina, ma un'unica grande stanza vicina al vano della ruota. Lo spazio era illuminato, anche se fiocamente. Sembrava una grotta e come le grotte era umida, soffocante. Pollicino intravide tre fosse nel pavimento, dove si muovevano piccole figure che sollevavano quelli che all'apparenza erano lenzuoli rigidi da una vasca per spostarli nell'altra. Le piccole figure erano bambini. E su quei bambini silenziosi e concentrati sul lavoro, una voce abbaiava ordini: «Avanti! Non dormite! Qui la concia va cambiata, presto. Il colorante qui è troppo scuro, va diluito! Tu che fai?» e qui si avvicinò a uno dei bambini e gli dette uno scappellotto. «Forza, muoviti! Vai a prendere la corteccia!»

Non c'era da sbagliarsi: quei piccoli schiavi erano i bambini rapiti, soltanto che erano ben più di sei, erano tre volte tanto!

13

«Ma guarda!» gridò Pollicino, uscendo dall'ombra in cui finora aveva osservato la scena. «Tutti cercavano i bambini nel bosco, lontano, e invece eccoli qui!»

Il conciatore si voltò di scatto e riconobbe l'odiato Pollicino che lo fissava da poche centinaia di passi. Gli puntò contro un indice, scuotendolo in aria, e tuonò: «Come sei entrato, brutto nanerottolo?»

Il ragazzino ribatté, ironico: «Se non volevi intrusi, dovevi impiantare la tua fabbrica in una tomba».

«Invece in una tomba ci sei finito tu» ghignò il conciatore, e si lanciò verso di lui.

Pollicino scattò di lato e scappò. Si fermò in un angolo buio e osservò: «Però, ne hai di schiavi. I sei del villaggio devono essere stati gli ultimi, vero? Ti servivano proprio, per azzardarti a rubare bambini così vicino».

«Ma che bravo. Come ci sei arrivato?» domandò il conciatore, mentre scattava in avanti per cercare di nuovo di acciuffarlo.

Ma il piccoletto schizzò via come una pallina, prese vantaggio e si fermò di nuovo. Spiegò in tutta tranquillità: «Non era così difficile. Sei diventato troppo avido: tutta quella corteccia e tutti questi bambini. Dovevi accontentarti, se volevi restare impunito!»

«La produzione non si può fermare, una volta avviata» sentenziò l'uomo, e balzò ancora una volta in avanti. Ancora una volta, però, rimase a mani vuote.

«Sei troppo lento per me. E poi, vedi? Quando non puoi contare sull'effetto sorpresa, è difficile acchiappare qualcuno… Anche se rapire dentro casa un bambino è un tantino rischioso, vero?» lo provocò, e intanto aveva già fatto il giro del mulino, ed era arrivato fino a una pedana rialzata dove troneggiava un tavolo con una poltrona. Doveva essere il posto di comando del conciatore. Sul tavolo c'era una frusta, mentre sulla parete c'era appeso un fucile.

«Ah, però! Ecco gli strumenti dell'uomo d'affari!» esclamò Pollicino, afferrando la frusta. Ora si sentiva molto più sicuro.

«Metti giù quella frusta, nano! Ti farai male da solo!» esclamò l'uomo, mentre artigliava una sedia appoggiata alla parete.

Pollicino fece schioccare la frusta a terra: «Hai usato questa per spaventare i miei amici e rapirli?»

Il conciatore brandì la sedia in avanti e si avvicinò, quasi il ragazzino fosse una bestia feroce. Intanto lo provocava: «Pensi di essere furbo, ma non arrivi nemmeno a capire come ho fatto a portare via qualcuno da dentro casa».

Pollicino schivò la sedia spinta in avanti per colpirlo, e indietreggiò, con la frusta ben stretta in mano. «Ho capito, certo. Hai mandato altri bambini.»

«Bel colpo, per uno sgorbio come te. Ho mandato uno con la minaccia di ammazzare suo fratello se vuotava il sacco. È stato fin troppo facile.»

A questo punto, però, i bambini avevano smesso di lavorare e seguivano l'inseguimento e la lotta nella penombra dei lumini.

«Bravo, Pollicino!» gridarono. «Fagliela vedere!»

«Con voi facciamo i conti dopo, intanto lavorate, se non volete finire nel fiume con una pietra al collo!» ruggì il conciatore verso di loro.

Pollicino esclamò, indignato: «Ah, ecco come li spaventi: qualcuno è finito in questo modo, vero? E di giorno li tieni nascosti dove? In cantina?»

«Sì, in cantina!» gridò una voce.

«Al buio, con i topi!» aggiunse un'altra.

«Senza mangiare! Mangiamo solo dopo tutta la notte di lavoro!» disse un altro ancora.

«Silenzio! Me la pagherete cara!» ordinò il conciatore, e scuoteva la sedia come se avesse voluto tirarla addosso a questo o quello. Ormai non era più soltanto Pollicino da affrontare. I sei bambini del villaggio fecero cadere le pelli a terra o nelle fosse, a casaccio. L'uomo si agitò e gli uscì una voce stridula come il verso di un tacchino: «Cosa fate? Fermi! Quelle pelli valgono oro! Gli stivali delle sette leghe sono già in produzione, già comprati alla corte di Francia!»

Pollicino capì che era il momento di passare all'attacco.

Allargò le gambe, sollevò la frusta e la fece schioccare in aria. Intanto, chiamava a raccolta i bambini: «Amici, presto! Tutti con me!»

I suoi compagni del villaggio gli si strinsero intorno, altri presero bastoni, e pur deboli come erano si fecero avanti, verso il conciatore che, impugnando stretta la sedia, indietreggiò verso il muro. Poi, con gesto felino, allungò il braccio verso il fucile appeso alla parete.

Fu proprio allora che, finalmente, la porta d'ingresso schiantò a terra con un colpo fragoroso.

14

Il taglialegna apparve sulla porta, e subito dopo la gente del villaggio fece irruzione nella stanza, con le fiaccole strette in pugno. Così, finalmente, l'ambiente si rischiarò e si videro le vasche della concia piene di acqua e pelli, circondate dai piccoli schiavi smunti e sfiniti, vestiti di abiti stracciati, a piedi nudi, le mani e le braccia graffiate e scorticate dal lavoro.

Il conciatore aveva imbracciato il fucile, e lo puntò contro la gente assembrata davanti a lui. «State lontani, state lontani o sparo!» minacciò.

Fu allora che Pollicino, non più sotto tiro, balzò avanti, fece schioccare la frusta e lo colpì sul braccio. Il fucile cadde a terra e finalmente il taglialegna afferrò il conciatore e gli bloccò le braccia in una stretta potente.

«Ahi!» strillò l'uomo. «Mi soffochi!»

«Ti schiaccerei come un serpente, se potessi farlo» ribatté l'altro.

«Schiaccialo! Il mostro! Buttiamolo nel fiume! Che anneghi! Impicchiamolo!» gridarono tutti. Ma prima che tutti potessero scagliarsi contro l'uomo, ora terrorizzato, i bambini si sparpagliarono tra la gente. Avevano riconosciuto i genitori e i parenti e corsero ad abbracciarli. Il papà di Pollicino sollevò suo figlio in aria e lo strinse al petto, ma lui volle tornare subito a terra, per calmare gli animi.

«Ma siete matti?» strillò. «Volete diventare come lui?»

«Ha rapito i nostri figli, è un orco!» strillò una donna.

«Li ha costretti a lavorare in questo lezzo!» gridò un uomo.

I bambini, allentata la tensione, presero a singhiozzare. Ma qualcuno riuscì a dire: «Quelli sono bambini di altri villaggi, li andava a rapire lontano. Ci ha nascosti in cantina, e ci ha minacciato di ucciderci».

«Diceva che nessuno ci avrebbe mai trovato, e che ormai i nostri genitori ci credevano morti» aggiunse un altro e irruppe nel pianto.

«L'ho fatto per il bene del paese!» intervenne allora il conciatore, strillando come un'aquila.

«Pazzo! Mostro! Demonio!» cercarono di tacitarlo, ma lui insistette, sempre più paonazzo, con la voce che strideva: «Cafoni! Stupida gente! Preferite morire di fame con i vostri animali, con la legna che non rende niente! Io invece ho capito cosa bisognava fare, ho creato un'impresa, e presto sarebbe arrivata un'enorme ricchezza, il benessere. Ho inventato un modello di scarpe, e l'ho messo in produzione. Ho sperimentato! Ho rischiato!»

«Con la pelle dei nostri bambini!» lo interruppe una donna, e fece per scagliarsi contro di lui, ma molti la trattennero.

«Ma certo, preferite farli morire di fame che inserirli in un settore di successo. Io li ho rapiti, ma per farli lavorare, per insegnare un mestiere...»

«Quello che hai fatto non è insegnare» ribatté Pollicino, con severità. «Si chiama sfruttare.»

Il conciatore continuò a strepitare, ma il taglialegna gli ordinò: «Basta! Chiudi quella bocca!» Lo sollevò di peso e lo condusse fuori. «Vediamo se convincerai il giudice del bene che hai fatto.» Lo caricò sul carro, e accompagnato da altri due uomini lo portò via.

15

Il sole sfolgora sul fiume che scivola via gorgogliando, come se ridesse. Sotto il pelo dell'acqua baluginano piccoli pesci, e svirgolano tra i sassi. Pollicino è seduto sul greto, poco lontano dal mulino sigillato. La ruota non gira più, e il camino non fuma.

«Che fai qui, mezzo cippo? Conti i pesci?» chiede una voce ben nota, dietro di lui.

Pollicino si stringe nelle spalle. Il taglialegna allora domanda: «Mi posso sedere anch'io o disturbo?»

«Quante domande. Il fiume è di tutti, e a me non dai fastidio. Comunque sia: buon giorno, ruzzola boschi.»

«Ah, già. Buon giorno, Pollicino. Tra compaesani non c'è bisogno di salutarci in continuazione, però.»

«Mi sembra che ci vediamo per la prima volta, oggi» insiste Pollicino.

Il taglialegna alza gli occhi al cielo e sbuffa: «Mamma mia, che pignolo».

«La pignoleria aiuta. E anche l'educazione, non credi?»

«Come no» commenta il taglialegna, ma il tono di Pollicino lo insospettisce. «Senti, ragazzo, dove vuoi arrivare?»

«Dove voglio arrivare…» gli fa eco Pollicino, pensieroso.

«Eh, appunto. Cosa ripeti?»

Il ragazzo si volta verso il fiume e stringe un po' gli occhi al riflesso argentino. «Voglio arrivare a un'idea che mi è venuta dopo la scoperta della conceria abusiva.»

«Sentiamo l'idea» lo incoraggia il taglialegna.

Ma Pollicino tergiversa ancora un po': «Però mi è venuta forse anche prima, sai. Quando si parlava del legno e della falegnameria».

«Eh.»

Pollicino si gira di nuovo verso l'uomo e domanda, sempre più enigmatico: «Hai capito di cosa parlo?»

«No. Non sono un mago.» Il taglialegna fa per alzarsi. «Va bene, ho capito. Mi stai prendendo in giro. Ti saluto, tanto per non passare da maleducato.»

«No aspetta» lo trattiene Pollicino. L'uomo si riaccomoda e il ragazzo riprende a parlare con gli occhi incollati all'acqua che scorre. «Ti ricordi quando abbiamo parlato del legno, degli usi che se ne fanno?»

«Certo.»

«E poi c'è la questione dei bambini che stanno in casa da soli, o lavorano nei campi o badano alle pecore. Ora è primavera, poi c'è l'estate, ma tornerà l'inverno, e non c'è rimedio alla povertà.»

Il taglialegna chiama a raccolta tutta la pazienza che ha. Sospira, poi insiste: «Allora?»

«Allora c'è qualcosa che possiamo fare. Abbiamo il mulino, abbiamo l'acqua, abbiamo il legno. Ti ricordi cosa si può fare con gli alberi?»

«Le statue?»

«La carta» lo corregge Pollicino.

«E che ci facciamo con la carta? La mangiamo?» domanda il taglialegna, un po' scioccamente.

«La vendiamo. Con la carta si fanno i libri.»

«Ah. E tu sai leggere?»

«No.» Pollicino si acciglia. «Ma imparerò, e anche gli altri. Tutti impareremo a leggere e a conoscere le cose.»

L'uomo si toglie il cappello, si gratta la zucca. «E con questa roba saremo meno poveri?»

Pollicino si volta di nuovo verso di lui. «Saremo più forti, più ricchi» dice. La voce vibra, gli occhi brillano.

A furia di guardarla, sembra che l'acqua gli abbia messo al posto delle pupille due scintille di sole.

Bella e la Bestia

L'amore in una tomba

«Non si è mai una bestia – disse Bella –
quando si crede di essere stupidi.
Uno sciocco non pensa mai di esserlo.»

(Madame Le Prince de Beaumont,
La Bella e la Bestia)

1

C*'era una volta una tomba.*

Così pensa Bella, mentre osserva la porta di pietra, decorata da geroglifici a intarsi lungo tutta la cornice.

C'era, e probabilmente c'è ancora, pensa Bella, e osserva ad alta voce: «Soltanto che non è qui».

«Non è qui, cosa?» domanda Ahmed-al-Farad, il suo collega egiziano.

«L'ingresso del centro commerciale, no?» risponde, in tono spiritoso.

L'uomo si acciglia e ribatte a sua volta: «Pensavo che lavorassimo a una ricerca, non a uno sketch comico».

Bella si morde il labbro, si scurisce in faccia. «Mi riferivo alla tomba. Non è qui.»

«Non è mai dietro una falsa porta decorata» osserva lui, un filo saccente. La scaramuccia tra loro due potrebbe andare ancora avanti, ma Bella decide di interromperla. Ahmed è una persona troppo seria, e lei lo stuzzica spesso con osservazioni spiritose che lui non sembra cogliere, anzi. Di solito appare offeso.

«Che pizza, questo Ahmed!» sbotta tra sé Bella. «Mai che si

230

possa scherzare un po'...» Ma subito, si rimprovera: sarebbe meglio che la smettesse di comportarsi come in un bar del centro. Qui siamo in pieno Egitto, e quel ragazzo è un archeologo, uno scienziato, non un compagno di bevute!

Il problema vero, poi, è che dopo tanto scavare e cercare, le sue ricerche sono ancora indietro. Questa tomba sembra spostarsi magicamente per non farsi trovare. Altro che caccia al tesoro, questa è una caccia all'invisibile.

«Sì, hai ragione. È ovvio. Stavo pensando ad alta voce, magari qualcuno da là sotto ci sente e decide di darci una mano.»

Ahmed la guarda sorpreso. «Non ti seguo, cosa intendi dire?»

Bella sbuffa, prende un sasso da terra e lo lancia lontano, verso la distesa pietrosa e arida. «Sto scherzando» lo rassicura, mentre il sasso rimbalza poco lontano, sollevando una nuvoletta di polvere.

Quel sassolino lanciato in aria ha fatto proprio come lei, Bella, partita da casa mesi fa, tutta imbaldanzita dall'idea di poter trovare una delle pochissime tombe egizie ancora inviolate e caduta presto nel polverone di una valle in mezzo al deserto. Eppure, che lì ci fosse una tomba di faraone lo aveva scoperto proprio suo padre, un anno prima. Per puro caso, come le aveva raccontato in seguito, e nel tono della voce c'era tutto il rammarico per aver fatto una sonora sciocchezza.

2

Il papà di Bella era andato in quel deserto per la sua inesauribile (e un po' folle, secondo sua figlia) sete di avventura, perché le gite organizzate per gruppi di turisti in pullman e tutto il contorno di alberghi comodi, ristoranti con cibo internazionale, gite guidate, non gli erano mai piaciute, anzi le trova nauseanti.

«Che idea ti fai del mondo? Di un posto tutto uguale, stesso cibo stesse camere, magari con qualche tocco esotico, capirai» brontola. E a sessant'anni suonati persegue la sua personale idea di viaggio "on the road", magari dormendo in tende o in capanne, meglio se ospitato dalla gente locale. Quanto al cibo, deve essere rigorosamente del posto, ed è assai preferibile consumarlo nei mercati del villaggio o in tuguri o, massima gioia, ospite di qualcuno che a vedere questo vecchio strampalato, si muove a compassione o forse si incuriosisce e se lo porta a casa per capire quale tipo di follia spinga un uomo di una certa età ad andarsene in giro come un ragazzo, con lo zaino sulle spalle.

Lei, Bella, ha rinunciato da tempo a capire quale tarlo pungola papà a viaggiare per il mondo immaginando di essere un esploratore d'altri tempi, e che quindi gioisca a penetrare nella giungla con un esperto di trekking, a guadare fiumi tropicali in zattera, oppure, com'è stato quest'ultimo caso, a perdersi nel deserto su una jeep!

Tra l'altro, era persino partito con l'idea di guidare da solo. Per fortuna in certi luoghi della Terra non si può avventurarsi senza un accompagnatore locale, così papà quella volta aveva, seppur a malincuore, accettato che la jeep fosse guidata da un autista.

Certo, sulle prime aveva temuto di essersi ficcato nel viaggio sbagliato: una macchina con l'autista, proprio lui! Aveva telefonato alla figlia già con il pensiero di rinunciare in partenza e lei aveva dovuto usare tutta la sua pazienza e i migliori argomenti per convincerlo ad aspettare e vedere com'era l'auto e l'accompagnatore, magari si trattava di un tizio simpatico.

«Farmi scarrozzare in giro... Come un turista annoiato!» aveva brontolato lui, promettendo però di decidere dopo aver dato un'occhiata al mezzo e all'autista. «Se però è una Land Rover di lusso, giuro che parto a piedi!»

Altro che Land Rover di lusso! La macchina assegnata a papà era un ferrovecchio che doveva risalire a oltre mezzo secolo prima, e dell'antica fuoristrada serbava giusto lo scheletro arrugginito e un motore sferragliante che pareva esplodere da un momento all'altro. Il vecchio avventuroso si era sentito rinfrancato.

In più, alla guida di quella ferraglia c'era un tizio abbastanza in là negli anni, almeno a giudicare dalla rete di rughe che solcava il viso e dai ciuffi di capelli candidi che uscivano dalla keffiyah arrotolata sulla testa. L'uomo si era degnato di allungare la mano verso papà, senza un sorriso e senza neppure sfilarsi gli enormi occhiali neri. Il papà di Bella gli aveva stretto entusiasta la mano, poi era saltato in auto, sprofondando con un cigolio sinistro nel sedile sfondato. Ah, che bellezza, come ai tempi d'oro, quando era giovane e girava in un vecchio macinino rappezzato!

Si era messo anche a cantare una vecchia canzone dei suoi tempi, ma il rombo del motore e quello del vento dai finestrini (ovviamente, niente aria condizionata), aggiunto alla musica araba a tutto volume dalla radio lo avevano zittito subito. A quel punto, ogni dubbio era fugato: l'auto a nolo era stata una grande idea.

Dal momento poi che aveva sete di novità e di vita a contatto con la gente del luogo, era stato subito servito. A qualche decina di chilometri dalla partenza, l'auto aveva emesso una sospetta fumata nera e l'autista gli aveva fatto capire a cenni che aveva bisogno di fermarsi da un meccanico. Papà era dovuto scendere a spingere l'auto, aiutato da ragazzini volenterosi (che naturalmente avevano preteso una mancia) fino a un bugigattolo dove aveva dovuto pregare e pagare una somma spropositata per convincere il meccanico a mettere mano nel motore dell'auto.

Nel frattempo, la sorte della jeep d'anteguerra aveva appassionato gli uomini del villaggio, che si erano spostati come uno stormo di gabbiani da un vicino bar fino all'officina (se così poteva chiamarsi quello stanzino ingombro di roba). Tutti si sentivano di partecipare alla riparazione e fare compagnia a papà chiedendogli per quale squadra di calcio tifasse, se conoscesse di persona quel calciatore o l'altro e se avesse per caso uno smartphone che magari si facevano una bella foto tutti insieme e la mandavano a certi parenti via mail. Ma papà non aveva uno smartphone, aveva un semplice telefonino che, sebbene fosse più recente della jeep, era comunque un modello antico e per niente alla moda.

Così, in breve aveva perso interesse agli occhi dei più giovani e si era rassegnato ad andare al bar con i più vecchi, per offrire almeno da bere a tutti, mentre il meccanico riusciva a far ripartire il motore della jeep, ma continuando a scuotere la testa.

Un altro che non fosse stato papà, avrebbe chiesto di tornare subito indietro per restituire l'auto e prenderne una efficiente. Ma lui, come si è detto, amava le sfide, così aveva preferito proseguire il viaggio verso la prima tappa, e cioè un accampamento in un'oasi dove avrebbe dormito sotto il cielo stellato.

Ma l'autista si era perso (ovviamente non possedeva un navigatore satellitare), forse perché anche con il crepuscolo si ostinava a guidare con gli occhiali da sole. Insomma, alla fine, a notte fonda e senza aver neppure cenato, avevano dovuto passare la notte in auto: l'autista nell'abitacolo, papà sdraiato sul retro della jeep avvolto in una coperta.

Quanto al cielo stellato, be', aveva avuto la sua parte e chissà, forse meglio ancora dell'oasi nel deserto dove ci sarebbe stato forse qualche altro turista avventuroso come lui. Invece lì, in quella stradina non c'era proprio nessuno. In più, non c'era nemmeno il telone di copertura della jeep, così il cielo appariva nero e punteggiato da miriadi di stelle in un silenzio impressionante, vuoto. Questo era il contatto vero con la natura e papà si era addormentato felice, seppure con la pancia vuota.

Era stato proprio il tentativo di trovare un certo villaggio dove mangiare chissà quali prelibatezze, a detta dell'autista, che il giorno dopo avevano subito un improvviso assalto in pieno deserto.

Il motivo era tuttora molto confuso, ma certo era da attribuire alla sbadataggine di quei due matti in jeep. A quanto pareva, l'autista guidava senza avere molto chiara la cartina ed era sconfinato in un territorio pericoloso. Vicino alla frontiera meridionale, infatti, stazionavano militari per impedire il passaggio di gruppi di ribelli provenienti da un vicino paese in guerra. I soldati avevano individuato la jeep, erano volati spari, l'autista terrorizzato si era messo a zigzagare, poi aveva infilato un sentiero sconosciuto, ed era corso per chilometri alla cieca, finché non aveva giudicato di essere al sicuro.

Ma a questo punto non aveva la più pallida idea di dove si trovasse. Né lui né papà erano in grado di capire nella cartina la loro posizione e dove e come raggiungere un paese dove pranzare (finalmente!) e riposarsi. A questo punto papà aveva cominciato a pentirsi di non avere qualche punto fermo in quel percorso: per esempio una buona osteria. Aveva ormai una fame da lupo, e aveva esaurito i biscottini che si portava sempre dietro per le emergenze.

Intanto, stava per sopraggiungere un'altra notte, ed era evidente che non si poteva passare all'aperto, romanticamente sotto la volta celeste. Papà lo aveva fatto notare con un certo disappunto all'autista e quello si era infiammato. Un po' in arabo, un po' in inglese, aveva fatto intendere la sua sentenza: «Voi turisti siete tutti uguali! Sempre a chiedere, sempre a pretendere!»

«Ma taci, incompetente!» era sfuggito a papà. Per poco non erano venuti alle mani. Si erano trattenuti soltanto perché ormai dovevano trovare un riparo e magari mettere sotto i denti qualcosa. Nella luce incerta, l'autista aveva finalmente individuato una caverna in una roccia dove infilarsi con la jeep. Poi, una volta spento il motore, aveva annunciato in tono sostenuto, di chi sa il fatto suo, che aveva con sé del formaggio, perché era un tipo previdente.

Papà era uscito dall'abitacolo per non strozzarlo. Aveva

acceso la sua torcia tascabile, esplorando la grotta, tante volte somigliasse a quella di Alì Babà e svelasse un tesoro di timballi e arrosti.

Una porta in effetti c'era.

Era quella senza decorazioni, senza inganni, di un'antica, inviolata, autentica tomba egizia.

3

Sembrava proprio un segno. Chi trova una tomba del genere? Il padre di un'archeologa che fino a oggi non ha avuto alcuna particolare occasione per mettere in mostra la sua capacità. Anzi, a dirla tutta, non sempre riesce a fare il suo vero lavoro e cioè scavare i reperti, recuperarli, studiarli. Di solito, è costretta a dare ripetizioni di storia in una scuola dove i ragazzi la fissano annoiatissimi mentre spiega civiltà talmente antiche che sembrano appartenere al mondo delle fiabe. E lei, lì a sforzarsi di far credere che sono state vere città, grandi culture con magnifica arte, esibendo immagini con tanto di PowerPoint, con il risultato che qualcuno si assopisce proprio.

Ma ora, ecco la sua grande opportunità!

Una tomba non ancora individuata, forse perché fuori mano, presso il confine con un altro paese quasi sempre in tumulto e anche perché, a quanto dice suo padre, è un posto orribile. È a causa di quella tomba, della quale non ha fatto parola con nessuno, che è tornato di gran carriera a casa, anticipando il ritorno di dieci giorni. Pallidissimo, con occhiaie scure, in barba alla vacanza. Dimagrito, con i capelli più bianchi, addirittura invecchiato e soprattutto tremante di paura, lui che di solito si pavoneggia per i pericoli incorsi. Non per l'assalto nel deserto, non per tutto il viaggio andato a rotoli, neppure per l'interrogatorio alla polizia che lo aveva trattenuto per sapere i motivi dello sconfinamento. Bella ha cercato di convincerlo ad andare da un medico fin da quando è andata a prenderlo in aeroporto e lo ha protetto dalla folla di fotografi che voleva immortalare il turista scampato a una sparatoria nel deserto.

Lui però non voleva saperne di medici, voleva andare di volata a casa dove, prendendo le mani della figlia tra le sue, l'aveva pregata: «Devi andare laggiù, l'ho promesso».

«Ma che dici papà?» aveva chiesto Bella, sconcertata. «Andare dai ribelli?»

Suo padre aveva scosso la testa, e con gli occhi sgranati un po' da matto aveva finalmente rivelato: «No, no. Devi andare nella tomba del faraone. Lui ti vuole là, ti chiama».

«Che tomba? Che faraone?» si era infiammata Bella.

«Laggiù, nel deserto, c'è una tomba. Il faraone...» farfugliava suo padre, e Bella lo aveva incalzato: «Vuoi dire che hai trovato una tomba egizia? Che nessuno conosce?»

Suo padre aveva annuito, con quegli occhi fuori dalle orbite.

Bella lo aveva abbracciato euforica: «Papà, sei un genio! Grazie! Sei venuto subito a dirmelo, solo a me! Una vera tomba, l'occasione della mia vita!»

Suo padre, però, non era granché entusiasta, anzi era rimasto un po' impietrito mentre lei lo stringeva. Bella aveva pensato che fosse così rigido e smarrito a causa delle forti emozioni, della paura, dello shock con la polizia e con la stampa. Era stato in gamba però, non si era fatto sfuggire nulla riguardo alla scoperta sensazionale, l'aveva serbata per lei, sua figlia, l'archeologa.

«Lui ti vuole là» aveva ripetuto suo padre, con voce arrochita.

Bella lo aveva fissato, continuando a sorridere: «Chi, scusa?»

«Il faraone.»

«Ma certo, papà!» l'aveva baciato su una guancia lei.

Chi altri voleva che la aspettasse, dentro una tomba egizia?

4

Davanti alla pietra incisa dove si è arenato il suo entusiasmo, Bella pensa che, in realtà, questo faraone non la vuole affatto nella sua tomba segreta. Che si stia prendendo gioco di lei?

Quanto a suo padre, è vero che è rientrato stranito, terrorizzato, ma non è possibile che si sia sbagliato o che si sia inventato tutto. Il corridoio, la camera, il sarcofago, l'arredo, le pareti decorate, potrebbero anche essere frutto della sua fantasia, alla fine tutti sanno un po' di antico Egitto, e lui qualcosa di più per via della figlia. Ma i dettagli, come potrebbe esserseli immaginati? I nomi, per esempio, come potrebbe ricordare così bene lo spirito "Ba", che è quello del defunto ed è rappresentato come un uccello dalla testa umana? E il nome di Bastet, la dea gatta, non è famosa come Iside, eppure suo padre l'ha nominata...

No, prima di prepararsi per la spedizione e partire, Bella si è accertata che le informazioni di suo padre corrispondessero alla realtà. Ha individuato l'area nella mappa, ha controllato attentamente negli antichi archivi, si è messa in contatto con Ahmed-al-Fardan, un collega giovane e precario come lei.

Anche lui fa l'insegnante, in attesa di un incarico fisso magari al Museo del Cairo. Bella lo conosce attraverso gli articoli su una rivista inglese di archeologia, dove ogni tanto ha pubblicato anche lei qualcosa, per esempio un articolo sulla cura della bellezza nell'antichità egizia. Ahmed ha una pagina Facebook, ed è stato semplice contattarlo, e spiegargli di cosa si trattava. Il suo collega si è perfettamente reso conto che, se questa faccenda fosse andata in mano a un famoso Museo o anche alle autorità locali, la scoperta scientifica sarebbe andata a farsi benedire a favore di uno spettacolo televisivo. Con un brivido Bella pensa all'arrivo in questa zona arida e vuota del caravanserraglio mediatico, con la conseguente confusione che metterebbe in pericolo gli stessi reperti, magari resti appena sepolti sotto la superficie, o addirittura altre tombe.

E poi vuole essere lei, Bella, la prima a entrare, a sapere. Ha fatto leva sull'ambizione di Ahmed di partecipare, anche lui per primo, alla sorprendente riesumazione che potrebbe magari portare a nuove rivelazioni sull'antica civiltà. Sarebbe il trionfo per i giovani studiosi che avrebbero, così, il copyright della scoperta. Certo, per il momento resta ancora una fantasia, e a Bella non è sfuggito lo sguardo sfiduciato di Ahmed, poco prima. Probabilmente l'uomo si domanda il motivo per il quale ha seguito questa collega straniera, piovuta come una meteora nel suo paese, e come una meteora ancora infiammata da una specie di fuoco celeste che la spinge in una zona lontana dai normali siti archeologici, oltretutto rischiosa per il vicino confine in perenne subbuglio. Il tutto giustificato soltanto dalla testimonianza del padre, un uomo scampato da una sparatoria: a volte la paura gioca gran brutti scherzi, chissà che a lui non abbia fatto immaginare la tomba di un faraone! Ecco, questi dubbi sembrano esprimere la faccia perplessa di Ahmed, prima che le annunci: «Io vado a mangiare qualcosa al campo».

Bella annuisce e lo guarda allontanarsi verso la tenda appoggiata alla roccia. Non ha voglia di unirsi al gruppo di quattro ragazzi della loro piccola spedizione che sente ridere da lontano. La valle echeggia dei loro discorsi allegri, ma lei non ha più alcuna voglia di divertirsi, anzi le si è chiuso lo stomaco. Ogni giorno che passa significa qualche centinaia di dollari in meno nel suo conto in banca, che non è illimitato. In questo viaggio sta investendo, oltre che la piccola somma messa a disposizione da suo padre, anche tutti i suoi risparmi, certa di arrivare alla favolosa scoperta nel giro di un paio di giorni. La roccia è quella dov'è appoggiata la tenda. Il punto dovrebbe essere questo…

«Magari non dovevo dare troppo peso alle parole di papà» pensa ora la ragazza, scuotendo la testa, mentre cammina sotto il sole che le infuoca il berretto calato fin sopra le orecchie e sembra oltrepassare la camicia a maniche lunghe, infiammandole la schiena e le braccia. Per effetto del caldo e della luce violenta, la superficie sembra oleosa, dà l'impressione di emanare vapori. Oltretutto, fuori dalla zona rocciosa, i piedi affondano. È come un'immensa spiaggia dalla sabbia finissima e densissima. Bella prova l'impulso di togliere gli scarponi e camminare come da bambina tra le dune, ma non fa neppure in tempo a provarci. Una gamba affonda giù, fino al ginocchio, seguita subito dall'altra, ancora più giù, fino all'anca. Prima ancora di accorgersi di quel che sta succedendo, Bella è risucchiata dentro un pozzo di sabbia, e scompare.

5

Bella chiude gli occhi e la bocca, fa appena in tempo a tapparsi il naso mentre la sabbia la inghiotte. Lampi di immagini le balzano alla mente: sabbie mobili, il buco dove cade Alice nel Paese delle Meraviglie, una trappola, oppure… Un pozzo. La sabbia non c'è più, il cunicolo diventa solido, di pietra liscia, e infine Bella non sente neppure più le pareti intorno al suo corpo che cade nel vuoto per pochissimi istanti e atterra con un tonfo sordo, di schiena, su qualcosa di soffice. Sabbia. Bella apre gli occhi, ma l'oscurità è spessa più della notte. Odore di umido, e di muschio. Bella rabbrividisce, mentre porta una mano alla tasca dei pantaloni per estrarre la torcia. Di sicuro è finita dentro un pozzo asciutto, che sembra abbastanza largo: è atterrata di schiena e per fortuna la superficie morbida ha attutito la caduta. Ecco la torcia, il led s'accende con la sua luce azzurrina e mostra un cunicolo che s'inoltra nelle profondità. Il cuore di Bella accelera e dalla bocca le esce un'esclamazione di trionfo: «La tomba!»

Non si prende nemmeno la briga di estrarre il cellulare, avvertire gli altri. Invece si solleva in piedi, si spolvera in fretta dalla sabbia, lancia il fascio di luce attorno, aguzzando la vista giù, verso le profondità della terra. Papà deve essere entrato da un varco posteriore, lei è nel pozzetto principale e senza timore si inoltra a passi cauti giù, verso la camera. Mentre scende, un soffio di aria gelida la investe. Fa freddo, là sotto, come in una cella frigorifera. E l'odore è quello stantio dei locali chiusi. Il fascio di luce illumina ora una parete decorata di immagini sfolgoranti di colori e una porta scintillante d'oro.

Papà aveva ragione, pensa Bella, osservando estasiata il corteo di uomini e donne dipinte sul muro. Questa è proprio la tomba di un re.

Con una certa deferenza, Bella oltrepassa la porta dorata ed entra in una grande sala dalla volta tonda e delimitata da arcate che poggiano su colonne. Benché sia un'archeologa, Bella resta a bocca aperta, carica di meraviglia. La sala è fittamente decorata con figure bellissime, dai colori accesi e da geroglifici che corrono lungo tutte le pareti. Bella punta il fascio di luce tutto intorno, dal basso verso l'alto, e si sente girare la testa per l'emozione e l'incanto. Oltre le colonne di fronte, si apre un'altra stanza, quella dove si trova di sicuro il sarcofago. Ma la vertigine la sta sopraffacendo, non riesce a muovere più un passo. La mano corre verso la tasca dove si trova il cellulare, ma ancora prima che possa estrarlo, Bella sente le forze abbandonarla. Prima di svenire, ha la sensazione che qualcuno la sorregga, e la sollevi da terra. Senza alcuna ragione, mormora: «Papà».

6

Di nuovo buio fitto: occhi aperti o chiusi è la stessa cosa. Che fine ha fatto la torcia? Bella tasta intorno a sé come un cieco e avverte di essere sdraiata su qualcosa di soffice, sembra un letto, la stoffa che lo ricopre è morbida e leggera, dal tatto si direbbe un delicato tessuto di lino.

«C'è qualcuno?» domanda a bassa voce.

Silenzio. Bella ascolta nel buio, trattenendo il respiro: non si sente niente, eppure lei è sicura della presenza di chi l'ha sorretta e sdraiata sul lettino e ha spento la torcia. Un qualcuno di cui non avverte neppure il respiro, ma che aleggia lì intorno, ne è sicura. Forse non è una persona vera e propria, ma qualcosa… Ecco, sì, ci manca altro di farsi suggestionare dai miti egizi, dalla paura del buio, dalle solite leggende sulle tombe.

Spazientita, Bella alza la voce: «Ahmed? Sei tu? Che fai, scherzi? Hai trovato il pozzo da cui sono entrata? Forza, Ahmed, parla, e soprattutto accendi la torcia. Lo scherzo è durato abbastanza».

Silenzio.

Bella mugola, spazientita: «*Mmm*, che facciamo? Andiamo

avanti ancora per molto? Se ti fa piacere, io me ne resto qui seduta...» Punta i gomiti sul lettino e si solleva, ma a quel punto sente una zaffata di aria gelida investirla, come se qualcuno avesse aperto una porta. Sgrana gli occhi sul buio pesto, volta la testa, impotente.

Il silenzio è rotto da un sibilo. Bella sente i capelli rizzarsi sulla nuca: potrebbe essere un serpente! In tal caso, è finita. Dove sarà la torcia? La mano vola verso la tasca, estrae in fretta il cellulare, preme un tasto. Alla fioca luce azzurrina del display appare una forma accanto a lei, una figura massiccia, con un corpo umano, ma una testa troppo grande e irsuta per essere umana. Bella grida di terrore, i piedi saltano giù dal letto d'istinto. Il cellulare le cade di mano e la figura scompare nel buio profondo. L'urlo echeggia nel cunicolo accanto e si spegne. Poi, mentre il cuore della ragazza sembra esploderle nel petto e lei cerca di pensare qualcosa per calmarsi (si tratta di una statua, calmati, è di sicuro una statua quella che hai visto...), nella stanza risuona una voce arrochita che pronuncia un monosillabo: «Kaaaa».

Bella è scossa dai brividi, sente le lacrime salirle agli occhi. Ka: lo spirito del defunto! Deve succedere proprio a lei di trovare un fantasma senza pace? A lei che ha sempre considerato un mucchio di sciocchezze le famigerate maledizioni delle tombe egizie? Lei che è una scienziata?

Bella fa un enorme sforzo per controllarsi: cedere al panico non le sarà di alcun aiuto. Prende un grande respiro, inghiotte le lacrime, stringe le mani a pugno. Poi, con incredibile audacia, pronuncia qualche parola in antico egizio: «Sei lo spirito del defunto?» La voce le esce abbastanza ferma. Se si tratta dello scherzo cretino di Ahmed (perché ha ancora il sospetto che di questo si tratti), non gli sta dando molta soddisfazione.

«Sono il re» risponde la voce gutturale. «E tu sei colei che attendevo. Sei quella che mi riporterà alla vita, mi darà nuova luce e potenza.»

Bella vorrebbe urlare, deve stringere i denti per non farli sbattere. Che razza di incubo! È proprio sicura di aver capito bene? È la prima volta che sente parlare l'egiziano antico, non da un professore o da studiosi, ma da un autentico abitante del passato, che ha aspettato millenni per ridestarsi. Ci voleva proprio un vecchio giramondo e una archeologa idealista per fare quel capolavoro!

«Credo che non sia una buona idea uscire di qui» mormora Bella, nella sua lingua. E aggiunge per farsi forza: «Le cose sono un po' cambiate negli ultimi cinquemila anni».

«Cosa dici, piccola donna mortale?» Il tono si è levato, non è più arrochito. A quanto pare, ormai lo spirito è ben sveglio. «Non osare parlare la tua lingua volgare, fatti intendere! Ricordati: io sono un dio!»

Ahi. Questa dichiarazione, Bella lo sa, non promette mai niente di buono.

7

Sulla superficie, Ahmed e gli altri hanno finito di pranzare. Qualcuno sonnecchia già, qualcun altro si è infilato le cuffie e ascolta la musica. Ma Ahmed è nervoso, continua a scrutare l'orizzonte: Bella non si vede più, ma dove è andata a cacciarsi, in un deserto poi? Che si sia sentita male? Che si sia imbattuta in uno scorpione? Certo Bella non è il tipo da spaventarsi di fronte a un animale, però... Non sarà il caso di andare a dare un'occhiata?

Ah, le donne che complicazione, mastica Ahmed, poi ricaccia indietro quel pensiero con fastidio. Tanti anni di studio e di aggiornamento, di viaggi all'estero, di esperienze, e riaffiorano poi pregiudizi stantii, come fosse un vecchio stizzoso. Ahmed si affretta a cancellare quello stupido sfogo elencando le qualità della ragazza: Bella è una collega molto in gamba, specializzata in egittologia, è molto coraggiosa peraltro, oltre che molto competente.

E poi Bella è... bella. Anzi, sospira Ahmed, bellissima. Sulle prime non ha voluto ammetterlo, quando ha scoperto che era una ragazza tanto attraente. Le foto e le immagini su Skype, sempre un po' scure, non le rendevano piena grazia ed è rimasto di stucco nel vedersela di fronte in carne e ossa, con quella massa di capelli lucenti, la figura slanciata. Fino allora, Ahmed era stato molto sciolto, si era permesso di scherzare via mail o nei collegamenti Skype, si era sentito subito complice della collega straniera che lo invitava in una spedizione segreta in mezzo al deserto. Ma una volta che si erano trovati a faccia a faccia, si era sentito di colpo a disagio, e si era ritrovato a dire spiritosaggini senza senso, a sentirsi un po' un allocco. E di fronte all'espressione perplessa di lei, o al suo sorriso educato, aveva optato per una certa rigidità. E che diamine, meglio tenere le debite distanze perché… certo, perché l'apparenza inganna, è stato il succo dei suoi pensieri, anche questo distillato dai soliti adagi antichi. Ricordati, Ahmed: la bellezza è una trappola! Anzi, la seduzione è un'arma pericolosa. Una che si chiama Bella, tale si ritiene e pretende che tutti le cadano ai piedi: basta vedere come sorride, come si muove, come ti fissa… Attento, Ahmed! Potrebbe essere come un cobra letale.

Insomma, Ahmed ha deciso fermamente di non farsi abbagliare dalla bellezza e di non cedere alle lusinghe di Bella, alle sue battute, al tentativo di farselo di nuovo complice. A volte, distrattamente, gli cade lo sguardo sul lungo collo liscio, la nuca morbida, i capelli setosi che Bella si lega sulla sommità del capo e che la sera, quando scioglie esausta, davanti al fuoco del campo emanano bagliori dorati. Allora Ahmed distoglie lo sguardo, cerca di pensare ad altro, a qualcosa che lo preoccupa come l'affitto di casa da pagare o il rinnovo del contratto all'Università. Abbassa gli occhi, aggrottato, per non fissarli su quelli d'ambra trasparente, sulle guance rosate e sul sorriso capace di illuminare persino la notte nera del deserto. Se ne sta sempre sulle sue, Ahmed, e sa di essere noioso, addirittura rompiscatole. Mai una battuta, mentre invece non esita a riprendere Bella se sbaglia o si confonde, neanche fosse il suo professore!

Anche poco fa, si è messo a rimbeccarla riguardo alla porta secondaria, come se l'avesse colta in fallo. Ovvio, ha detto, che la tomba non è qui. E con che tono poi! Era il minimo che Bella si allontanasse infastidita, per toglierselo di torno. Meglio quel sole cocente di un archeologo stitico, che invece di collaborare e magari incoraggiarla, sta lì a fare le pulci su tutto.

Ahmed è punto dal rimorso. Sta pensando che bisogna proprio che vada a cercarla, e convincerla a bere qualcosa di fresco, al riparo. La tomba si troverà, è questione di pazienza e di tempo. Per scrupolo, osserva il cellulare, non sia mai che d'improvviso ci sia campo e che possa dare un colpo di telefono alla ragazza. Macché, non c'è ombra di tacca, il cellulare è inutilizzabile per ogni tipo di connessione. È attiva soltanto la funzione bussola, ammesso che possa servire.

«Ragazzi, vado a cercare Bella» annuncia, sollevandosi di scatto.

Nessuno però sembra interessato alle sue intenzioni e nessuno sembra crucciarsi per la direttrice degli scavi. Ahmed si calca un berretto sulla testa, uscendo a passi svelti dalla tenda, accigliatissimo. Che banda di zotici, brontola tra i denti, ma subito dopo si morde la lingua. Quei quattro tizi li ha scelti lui, personalmente, all'Università. Insomma, non ne ha ancora azzeccata una.

8

Nel frattempo, Bella ha riacquistato un po' del suo sangue freddo. *Sono nella tomba che cercavo, e questo è un fantastico risultato,* si è detta. Come sempre c'è una controindicazione: la tomba è abitata da un fantasma con il delirio di onnipotenza. Magari è solo la sua fantasia, cadendo ha inavvertitamente battuto la testa e adesso è vittima di allucinazioni sonore. Al buio pesto, poi, si fa presto a perdere l'orientamento e a cadere preda di visioni e proiezioni…

Così, domanda, in tono fermo: «Se sei un dio, perché sei nascosto qui sotto la terra?»

Sarà anche la sua fantasia, ma la voce rombante risponde a tono e abbastanza piccata. «La magia mi incatena qui.»

«Io non posso rompere l'antica e potente magia» replica in fretta Bella. «Non sono una dea, né una sacerdotessa.»

La sala vibra di una scossa come un terremoto. Non ci manca che quello, pensa Bella, attaccandosi con le mani al lettino in cui è ancora seduta. Le piove addosso una polvere di detriti, mentre il faraone tuona, sempre più incollerito: «Tu sei la visitatrice! Tu sei la lucertola del risveglio! Tu sei la barca che trasborda in superficie!»

Bella ascolta il lungo sproloquio nell'antica lingua, cercando di raccapezzarsi. Lo spirito irrequieto ha preso gusto a fanfareggiare, si vede che dopo tutti questi secoli di silenzio ha bisogno di sfogarsi un po'. Infatti prosegue imperterrito: «Tu opererai l'incantesimo. Tu mi permetterai di oltrepassare le caverne del buio fino alla luce!»

Quali caverne? Bella ha capito bene? Perché non è così sicura di comprendere la lingua morta, oltretutto espressa con questo tono lugubre. Qua ci sarebbe voluto il grande Champollion, il decifratore! Lui sì che era un genio, a undici anni parlava tutte le lingue e alla fine si è accanito anche sull'egiziano antico, e l'ha spuntata. Non fosse stato per lui, sarebbero ancora tutti a brancolare nel buio, invece di riuscire a capire i geroglifici e quella lingua morta. Almeno ufficialmente. Il fiume di parole che l'ha investita infatti sembra molto vivo e vegeto!

«No, ascolta...» fa per ribattere, cercando con cura le frasi giuste. «Mio faraone, credo che ti sbagli. Già non riesco neppure a orientarmi qui dentro, è troppo buio...»

In quel momento, una luce azzurrina sembra sorgere dal pavimento, come una fiammella di gas. Bella guarda con orrore espandersi quella specie di stella fredda, temendo un incendio. Ma poi, la paura del fuoco passa in secondo piano rispetto alla visione dell'essere di fronte a lei. Ora può vedere che non è una statua, né un'immagine dipinta. È un robusto corpo umano sormontato da una testa simile a quella di uno sciacallo dagli occhi rossi, le orecchie lunghe e rettangolari, il muso allungato e ripiegato in basso. Il ritratto del dio del deserto, lo spaventoso Seth!

Bella apre la bocca per urlare con quanto fiato ha in gola. Ma non le esce un suono umano, sembra invece scaturire una specie di miagolio. Bella si porta le mani alla faccia, ma la bocca è cambiata, è pelosa, sporgente. Le dita tastano affannosamente il resto del volto, che con orrore è trasformato: ai lati della bocca sono spuntati lunghi baffi sottili e aguzzi come fili d'acciaio, tutta la faccia è coperta di peluria, gli occhi sono enormi e sulla sommità del capo sono cresciute due grandi orecchie a punta.

«Cosa mi è successo?» strilla, presa dal panico. «Cosa mi succede?»

«La trasformazione si è compiuta» decreta il faraone e sull'orribile muso di sciacallo sembra disegnarsi un ghigno di soddisfazione. «Bastet ha plasmato il tuo corpo.»

Bella ha l'impressione di capire con più nitidezza le parole. Bastet, la dea-gatta! La dea della gioia! Cosa c'entra questa piccola divinità della musica con il potente dio Seth, quello in cui si è incarnato l'indomito faraone?

«I tuoi occhi mi guideranno fuori dalla tomba, oltre le dodici caverne, come prescritto dall'antica formula del libro magico.»

Ma che sta dicendo questa Bestia terribile? Che vuole da lei? Bella sta piangendo, ormai disperata. Non è una fantasia, questa, è una trappola mortale. Tra le lacrime, si aggrappa a un'ultima speranza di salvarsi e domanda: «Che bisogno hai di me? Tu sei potente, cosa ti impedisce di spanderti fuori di qui e spazzare l'intero deserto?»

Un tuono scuote le pareti della sala, gli occhi rossi sfolgorano come lampi, mentre il muso di sciacallo le si avvicina, come fosse pronto a divorarla. «Il dio che domina il deserto è la grande potenza. Io sono la sua scintilla, sono lo spirito di un re. La mia forza fu incatenata nelle dodici porte di ciascuna caverna. Tu le spezzerai per permettermi di oltrepassarle!»

Bella scuote la testa. «Non lo farò.» Non vorrebbe alzarsi dal lettino, ma di colpo si ritrova in piedi, come sollevata da due braccia invisibili.

«La tua volontà non può nulla contro la mia. È ora di riprendere il mio posto.»

«Mi duole avvertirti che non esistono più faraoni in Egitto, e che al massimo potresti finire in televisione...» balbetta Bella, metà in egizio metà nella sua lingua.

Ma la Bestia non si cura granché delle parole non del tutto comprensibili della ragazza, e insiste: «È ora di riprendere il dominio. L'ultima volta che lo feci conquistai metà della Terra, ma non riuscii a completare l'opera».

«Di quale Terra parli? Quando mai?» non può fare a meno di domandare ancora lei. Ha come il sospetto che la Bestia non si riferisca all'epoca dell'antico Egitto, ma a un periodo molto più recente, quindi è meglio chiarire.

Di nuovo il mostro sogghigna, mentre spiega: «Parlo del mondo che conosci anche tu, sciocca mortale. Parlo del dominio del mondo che ottenni sotto il simbolo rovesciato del sole. Lo chiamarono svastica».

Bella sente il pelo gattesco rizzarsi. Le esce un soffio furioso dalla bocca: «Non ti servirò, malvagio faraone».

«Lo farai, se vuoi tornare alle fattezze umane» la minaccia lui.

«Pazienza, resterò gatta. È un animale simpatico…» prova a ribattere lei.

Ma la Bestia taglia corto: «Lo farai comunque, ora sei mia schiava».

Benché non voglia muovere un passo, Bella si sente sospingere verso la parete in fondo alla sala, di fronte a una stele attaccata a una porta.

A quanto pare, è la prima prova.

9

Fuori di lì e del tutto ignaro dei tormenti che la povera Bella sta subendo, Ahmed si guarda intorno nella distesa sabbiosa. Sembra uno che aspetta con ansia l'autobus, con una mano sul fianco e l'altra sopra la visiera del berretto, a proteggere maggiormente la vista dal riverbero accecante. A un certo punto, gli sembra di vedersi dall'esterno: che fa lì impalato come uno scemo, sotto il sole a picco, a scrutare il niente? Per darsi un tono, toglie la mano dalla visiera, guarda l'orologio, si tuffa una mano nella tasca per prendere il cellulare, tante volte ci fosse un nanobit di campo e Bella gli avesse mandato un messaggino... Macché, il display è vuoto. Ahmed sfoglia inutilmente le pagine, come se lo schermo potesse dargli qualche indicazione sulla ragazza volatilizzata.

Che sia passato qualcuno e l'abbia portata via? Il pensiero, per quanto assurdo, lo trafigge. Anzi, gli sembra di avere la visione di un principe a cavallo che spunta dalle dune e si avvicina a Bella, la carica in sella e via, al galoppo verso il suo palazzo nelle oasi, in barba al brillante archeologo dell'Università del Cairo che ha fatto di tutto per rendersi insopportabile.

Via, ma cosa si mette a fantasticare? Il massimo che riesce a indovinare per la sorte della sua collega è una scena da pubblicità? Insomma, deve ragionare con maggiore freddezza. Osserva sul display del cellulare la mappa satellitare della zona. Di anfratti nelle vicine rocce ve ne sono a decine: Bella potrebbe essersi rifugiata lì dentro, al fresco. Ahmed inserisce un rilevatore a infrarossi nel cellulare, un'applicazione che ha scaricato poco prima di partire. Se Bella è dentro uno di quei buchi nella parete rocciosa, lo scoprirà subito.

Animato dalla propria idea brillante, Ahmed arriva alla sporgenza rocciosa che sorge dalla sabbia e osserva il display del cellulare. L'applicazione geologica gli sta riportando la composizione della parete, la presenza di infiltrazioni d'acqua, e addirittura una micro falda di azzurrite… Sopra di lui, a pochi metri da terra, sembra aprirsi un varco non molto più grande di un oblò, che a prima vista sembra prodotto dalla caduta di un masso, ma a osservarlo meglio dà tutta l'impressione di essere stato scavato ad arte.

Il cuore di Ahmed comincia ad accelerare. Che sia l'ingresso posteriore della tomba? Magari Bella lo ha trovato ed è entrata senza avvertire nessuno? Giusto per essere la prima a scoprirlo? Gli archeologi hanno un po' questa mania di protagonismo, si sa…

In quel momento, la parete sembra muoversi, il terreno si scuote e dalle profondità sorge una specie di brontolio. Il cuore di Ahmed batte furiosamente: un terremoto! Proprio lì, in pieno deserto! E Bella? Non c'è dubbio: è lì dentro, e rischia la vita! Non resta altro che salire fino lassù con cautela, usando le sporgenze rocciose e vedere se la sua osservazione è esatta.

Ahmed estrae la torcia dalla tasca laterale, illumina il fondo dell'oblò. Un cunicolo, non si vede la fine. Aveva ragione, è un'entrata e Bella è sicuramente da qualche parte, laggiù.

10

Sì, Bella è proprio laggiù, in fondo in fondo. È davanti alla porta della prima caverna notturna, e deve risolvere il primo enigma per riuscire a entrare. Sulla stele dell'ingresso, c'è un'immagine che Bella riconosce: è il dio Amon e il geroglifico indica: AMON RA. IL DIO CREA LA PAROLA.

Che significa? Quale parola? Bella prova a pronunciare il nome del dio: «Amon! Amon Ra!» Ma la porta rimane sigillata.

La Bestia la afferra per le spalle. «Hai sbagliato. Pensa meglio, stupida mortale. Questa è la porta dell'inizio!»

Qual è la prima parola? La parola dell'esistenza? Bella sente le dita del faraone affondarle nelle spalle. «Non puoi togliermi le zampe di dosso? Non riesco a pensare, a immaginare!» grida furiosa. Lacrime di rabbia e di dolore le spuntano agli occhi. Però la Bestia allenta la presa. Che sollievo!

La prima parola, la nascita: d'un tratto Bella ha la visione di se stessa neonata, in braccio a sua madre. Che ricordo bello e commuovente! La parola che vibra tra le labbra della sua mamma adorata, che non c'è più, è il suo nome: «Bella!» scandisce allora davanti alla porta.

La pietra si muove, aprendo la fessura del varco. La caverna si spalanca davanti agli occhi stupefatti della ragazza. Nella sala troneggia la figura dell'ariete, e sulla parete è scritto in caratteri dorati: TU ESISTI QUANDO LA TUA VIBRAZIONE DIVENTA NOME.

Sì, Bella ha indovinato! Ce l'ha fatta! Le viene da ridere di gioia, benché la Bestia la sospinga avanti in fretta, per oltrepassare quella sala misteriosa e bellissima, che farebbe la felicità di tutti gli archeologi del mondo. Ma il faraone le frusta la schiena per obbligarla a camminare oltre.

«Ahi! Ma che modo è?» strilla la ragazza, cercando di ripararsi.

«Procedi senza indugio» gli intima quella Bestia.

«Guarda che non sono uno dei tuoi schiavi. Posso pure fermarmi qui e scioperare!» ribatte lei, in tono isterico.

«Cos'hai detto? Come osi?» Il faraone fa per sollevare la frusta di nuovo.

«Ma cosa parlo a fare con te?» replica Bella, correndo avanti per sfuggire alla frusta. Ecco la seconda porta, con l'effigie del toro, e la dicitura: IL DIO CREA LA TERRA.

Il faraone è già alle sue spalle, con la frusta sollevata.

«Mi lasci un po' di fiato per pensare?» lo blocca lei. Intanto rimugina sulla frase: la terra... Prende un pugno di terriccio ai suoi piedi e lo scaglia sulla porta. Non accade nulla. La rabbia del faraone si sfoga nell'ennesimo rombo di tuono, e Bella, spaventata, si appoggia con il corpo sulla lastra di pietra che si muove. Un'apertura così facile non se la sarebbe mai immaginata: bastava spingere! Ma già, che sciocca: se il primo passaggio è il nome, subito dopo è il corpo terreno che accoglie lo spirito, il ka. Ecco infatti la seconda caverna, quella dell'incarnazione, dove una grande statua di Amon Ra troneggia al centro, circondato da scarabei azzurri e d'oro.

Bella volge lo sguardo intorno estasiata. Se uscirà viva da questa folle esperienza, ne avrà da lavorare per sempre, con reperti meravigliosi del genere!

Una nuova frustata la riporta con un dolore acutissimo al presente, in mano al suo tormentatore.

«Ma basta!» urla.

«Non distrarti, stupida mortale» grugnisce lui, e Bella batte un piede a terra, cercando di sfogare la sua ira. Cosa darebbe per rispedire all'inferno quello spirito! Magari in una di queste caverne troverà qualcosa di utile, così con la speranza di liberarsi dell'aguzzino, va avanti spedita verso la terza stele. Qui campeggia un serpente e la scritta: IL DIO CREA L'ORDINE. Attaccata alla porta, vi è una piccola mazza di bronzo.

Il serpente, l'ordine cosmico... Bella pensa in fretta. Il serpente, la circolarità, il simbolo del passaggio. Dal divino all'umano, cos'è che caratterizza gli uomini? La mortalità... Il tempo... Il tempo è ritmo! Bella stacca la mazza dalla porta e batte ritmicamente colpi sulla lastra. I colpi sembrano propagarsi all'interno, e mentre la porta si schiude, la caverna vibra con i colpi, ripetuti come in un'eco intorno a una gigantesca statua di granito raffigurante Osiride, alta fin quasi al soffitto della camera.

Ce l'ha fatta ancora una volta. Bella stringe in pugno la mazza di bronzo: e se fosse questo lo strumento per liberarsi del faraone? Di scatto, solleva il braccio armato e fa per colpire la testa dello sciacallo. Ma il braccio resta immobile in alto, bloccato da una misteriosa forza.

La Bestia scoppia in un ghigno feroce. «Cosa credi di fare, sciocca? Non puoi toccarmi!»

La mazza le cade di mano, finisce a terra. E una bruciante frustata la colpisce nel viso, mentre il faraone ordina: «Avanti!»

«Brutto zotico! Chiedi almeno per favore!» mugola Bella, portandosi le mani sulla faccia che, orrore, è un muso! Più che la frustata l'addolora di restare così per sempre, lei che era così carina! Altro che Bella, dovrà chiamarsi Mostrina, se tutto va bene, e cioè se riuscirà a scampare da questa traversia. E comunque, se anche scampasse, libererebbe sulla Terra un essere diabolico. Mamma mia, che responsabilità.

Mentre così rimugina, davanti a sé appare la quarta stele che recita: GLI DEI CREANO LA DIVERSITÀ. In più, ironia della sorte, vi è disegnato sopra un gatto. Non sarà lo sberleffo del fantasma?

Bella cerca di raccogliere le idee con freddezza: la sala precedente era dedicata a Osiride, questa potrebbe essere la stanza di sua moglie Iside, la dea notturna. Il gatto è uno degli animali simbolo della notte... La porta di pietra è intagliata con diversi simboli geometrici: il cerchio, il triangolo, il semicerchio, l'ovale... Sono tutte fessure in cui si può infilare una mano, ma soltanto una è quella che apre la serratura. Le dita sfiorano il cerchio, ma no, quello è il sole, è Ra e queste sono le caverne della notte, quindi... la luna!

Bella ha deciso: senza indugio, infila la mano nel semicerchio, il simbolo della luna crescente, di Iside. Stringe gli occhi, aspettandosi un ferro che le imprigioni la mano, invece sente sotto il palmo una levetta, e la serratura scatta.

Anche stavolta ha vinto: la quarta caverna si rivela dedicata alla dea Iside, con un'impressionante statua nera decorata da gioielli d'oro. Bella non può fare a meno di fermarsi a fissarla a bocca aperta, ma già il faraone la spintona e grugnisce: «Abbiamo ancora molta strada. Muoviti, pigrona!»

Bella protesta: «Ma cosa vuoi? Ho indovinato tutti gli enigmi, finora!»

«Hai fatto solo il tuo dovere» ribatte la Bestia.

«Ah, certo! Bella riconoscenza!» sbotta lei. Maledetto faraone: se ne sta lì ad aspettare la pappa scodellata, ed è pure ansioso! Ecco come si comportano i potenti, bisogna proprio dire che restano uguali nel tempo. In fondo questa Bestia ricorda a Bella certi professori universitari che la facevano sgobbare sulle ricerche, per poi firmarle con i loro nomi e pavoneggiarsi con la pubblicazione... Anche qui nella tomba la brillante archeologa risolve un enigma via l'altro mentre il re passa oltre e le dà pure frustate sulla schiena! Eh, sì, non c'è da aspettarsi se non il peggio dalle Bestie del potere.

Sospirando, Bella si ferma davanti alla quinta porta che mostra una scritta ancor più complicata, sormontata dal simbolo di un cane. GLI DEI VOGLIONO IL GIOCO, legge Bella: quale gioco? E perché il cane, simbolo di fedeltà?

La terra comincia a vibrare sotto i suoi piedi, accompagnata da un brontolio sordo. Pezzi di roccia si staccano dal soffitto, e una nube di polvere la investe. Terrorizzata, Bella si attacca alla porta, si mette a spingere, ma stavolta non si muove nulla.

Gli occhi rossi del faraone stanno sfavillando nel buio, come due fari. «Abbiamo fretta» sibila, e una nuova scossa si propaga nel pavimento del cunicolo.

Già, ha fretta, lui, sbuffa Bella. Come se invece lei fosse contenta di stare sottoterra, in pieno terremoto, con la faccia da gatto e in compagnia di un fantasma! Se potesse correre via in un lampo non esiterebbe a farlo, ma per uscire bisogna passare da tutti questi trabocchetti, questi giochetti... Maledetti Egizi!

Giochetti semplici, tra l'altro. Dunque, questo gioco che vogliono gli dei cosa sarà mai? La solita palla, il cerchio del sole, il cerchio del tempo e anche... il cerchio della rinascita! Tutto si crea nulla si distrugge, ma tutto si trasforma: lo sapevano anche gli antichi Egizi. Ecco qual è il gioco del ritorno, avanti e indietro, come... come una frase che si pronuncia da destra a sinistra e al contrario: un palindromo!

Bella si stacca dalla parete, muove qualche passo indietro e scandisce: «Osiride di riso!»

Non le è venuto in mente niente di meglio, in tema con il luogo. Speriamo solo che la frase non sia presa come un'offesa e non crolli giù tutto...

Invece, la serratura scatta, la porta si spalanca lentamente sulla quinta caverna, che Bella attraversa a passi felpati, mentre dal soffitto continuano a cadere detriti, anche sulle statue di tre divinità che la abitano.

Ormai non resta che l'ultima caverna dell'oscurità, poi il percorso sarà verso la luce. Bella riflette che le caverne si presentavano associate, dunque anche la prossima mostrerà il tema della rinascita, del ritorno. Di là c'era un cane, qui c'è il simbolo del falco, segno di regalità.

Anche senza meditare troppo sa già qual è il tema della sesta porta. È quello che manca alla Bestia che l'ha catturata e la schiavizza, quello che domina il ritmo umano, la vita, la trasformazione. La sesta porta è quella del cuore.

11

Un cuore che batte con furia nel petto si trova esattamente dall'altra parte della tomba, ed è quello di Ahmed, estasiato dalla scoperta e insieme impaurito. La sua voce echeggia nei cunicoli: «Bella! Sei qui? Bella, rispondi! Bella… Bella… ella… ella…»

Che sia caduta? Che sia ferita, svenuta, e non possa rispondere? Ahmed esplora il cunicolo con il fascio di luce, mentre procede chino in avanti, lungo lo stretto corridoio.

«Bella, coraggio, arrivo! Sono io, Ahmed» parla a voce alta, un po' perché Bella possa udirlo, ovunque sia, un po' per farsi coraggio. «Sono il tuo collega, il noioso antipatico rompiscatole, sono qui per scusarmi del mio comportamento.» La roccia sorda non dà segni di ascoltare la confessione dell'amareggiato Ahmed, che prosegue: «Bella, ascoltami. Non ti ho creduta, ho pensato che tu fossi la classica ragazza occidentale esagerata e fantasiosa. Quella che sogna di scoprire la tomba egizia, come si vede nei vostri stupidi film!»

Uno scricchiolio sulla sinistra. Ahmed punta la torcia, ma è soltanto un topo che s'infila in un buco nella parete.

«Magari sei svenuta per via dei topi… Non sembreresti

il tipo, ma ho deciso di smetterla di giudicarti in modo così superficiale! Ti ho pensato arrogante e vanesia. Ma è solo per difendermi, per non ammettere che sei bella e dolce, e simpatica.»

Il fascio di luce punta in avanti, dove il cunicolo si allarga. «Bella, sto arrivando, coraggio, resisti!» dice Ahmed al nulla. «Devo assolutamente dirti che mi spiace di essere stato villano e incredulo. Devo dirti che una ragazza come te non mi è mai capitata, che ti ammiro…» Il cunicolo è terminato e Ahmed è dentro a una sala decorata. Si guarda intorno, mentre ripete: «Ti ammiro… che meraviglia… Una stanza d'ingresso, e quella è la porta d'accesso alla camera mortuaria. Cavolo, Bella se avevi ragione! Al cento per cento! Sei un fenomeno… Ma dove sei, Bella?» Ahmed la chiama, la voce si fa implorante: «Bella, dolcezza mia, sei qui vicino? Mi stai ascoltando?»

Ahmed sospira. La ragazza non risponde, ma lui ha la sensazione di essere ascoltato: sarà l'atmosfera della tomba, sarà la sua suggestione, sarà il bisogno di dichiararsi, ma il ragazzo insiste: «Bella, mio tesoro, per favore rispondi. Fidati di me, sono il tuo ammiratore, sono il tuo Ahmed, sono tuo amico, te lo giuro sul mio cuore…»

Un fruscio poco distante. Ahmed punta il fascio di luce verso il rumore e con sua enorme sorpresa vede spuntare un gatto che gli corre incontro, miagolando.

12

Mentre Ahmed scivolava lungo il cunicolo verso uno degli ingressi della tomba, da un'altra parte Bella risolveva il sesto enigma, guidata dalla forza del cuore. Deve però ringraziare Ahmed, perché proprio nel momento in cui si è trovata di fronte alla stele che recitava: GLI DEI SONO LA POTENZA, e si è portata una mano sul cuore, un battito potente ha iniziato a diffondersi nella caverna. Quel suono non proveniva dal petto di Bella, ma da fuori, come se il sotterraneo risuonasse di un cuore grande e invisibile.

Bella ha avuto la sensazione che i polmoni le si allargassero, con sollievo. Il suo, di cuore, è sembrato fare un balzo di gioia, al pensiero che finalmente qualcuno fosse penetrato nella tomba, la stesse raggiungendo! Quel qualcuno non poteva che essere Ahmed.

Certo, se l'era presa un po' comoda, il ragazzo, ha pensato subito dopo Bella, vagamente irritata. D'altra parte con lui non è facilissimo capirsi. Guai scherzare, sembra un tipo piuttosto permaloso, e poi ostenta una grande freddezza, non si lascia mai andare a una confidenza, per carità. Anche le battute, spesso sono piene di sarcasmo. Insomma, non ci vuole grande acume per capire che Bella non gli è simpatica, anzi. Dunque, inutile sforzarsi di essere amici, lei ci ha rinunciato e anche se passano tutto il giorno insieme, si limita a parlare di lavoro.

D'altra parte, Ahmed è molto bravo nella sua professione, è molto scrupoloso e davvero appassionato dell'antico Egitto. Gli si illuminano gli occhi quando parla dei suoi studi e allora, be', bisogna proprio ammettere che diventa amabile, proprio carino. I lineamenti si distendono, e a volte concede pure un sorriso. È un gran peccato che lei, Bella, non riesca a indovinarne una con lui: sbaglia sempre comportamento, a quanto pare, cerca di essere amichevole e alla fine accumula sciocchezze e gaffe.

Anche questa volta, ne è sicura, lui la tratterà con disapprovazione: allontanarsi da sola, che bella idea! Però, quel cuore non sembra arrabbiato, anzi, batte con passione. Bella lo ascolta risuonare sulle pareti, affascinata. La sesta porta si schiude, ma lei resta ferma, in ascolto. Le sembra che giunga l'eco di un richiamo: *Bella… ella… ella*. È la voce di Ahmed, non può sbagliarsi! Così la ragazza si lancia in avanti, chiamando a gran voce: «Ahmed, sono qui! Aiutami, sono qui!»

Ma la voce le muore in gola, e si trasforma in un soffio rauco. Le gambe non la sorreggono più, e cade giù a quattro zampe, il corpo sembra comprimersi, attraversato da una scarica elettrica che la riempie di terrore. Balza in avanti, strillando, e attraversa d'un lampo la caverna del cuore. Fuori di lì, vede il fascio di una luce e vi corre fiduciosa incontro, gridando: «Ahmed! Ahmed!» Ma dalla sua bocca esce un miagolio disperato.

13

«Un gatto!» esclama Ahmed, sorpreso. «Da dove arriva?» L'animale si rifugia tra le sue gambe, e il ragazzo si china a carezzarlo. «Ehi, da dove spunti, tu? Hai visto per caso una bella ragazza da queste parti?»

Il gatto risponde con un miagolio e Ahmed ride. «Peccato non possa capirti, magari sai dov'è Bella e vorresti dirmelo…»

Un rumore sordo, come un colpo attutito, interrompe le parole di Ahmed, che si solleva di scatto, prendendo il gatto in braccio. L'animale trema e si accoccola stretto sul petto del ragazzo, che punta la torcia verso lo scricchiolio proveniente da qualche parte oltre l'ingresso della camera. Ahmed muove qualche passo verso la porta, e domanda con voce incerta: «Bella? Sei tu?»

Il gatto gli cinge il collo con le zampe, nascondendo la testa sull'incavo della spalla e miagola leggermente all'orecchio. «*Ssssh!*» gli ordina Ahmed e bisbiglia: «Stai buono, tu, credo che la mia amica abbia voglia di scherzare e si sia nascosta dietro la porta della camera…»

L'animale però non tace, anzi, insiste con quel lamento che Ahmed interpreta scherzando, convinto che la sua collega sia in ascolto, nascosta da qualche parte oltre la parete: «Tu che dici? Bella vuole farmi prendere uno spavento? Me lo meriterei. Sono stato piuttosto antipatico con lei».

Il gatto all'improvviso gli lecca la guancia, e Ahmed ride. «Che fai? Stai buono, mi fai il solletico!»

Intanto è arrivato vicino alla soglia che immette nella stanza successiva. Il gatto smette di leccarlo e inizia a brontolare.

«Ah, non ti piaccio più, eh?» reagisce Ahmed, cercando di calmarlo con una carezza. Ma l'animale con un improvviso scatto balza a terra, e scompare nell'oscurità.

«Ma che ti prende?» domanda il giovane, scrutando la sala con il fascio di luce. Quando però risolleva la torcia verso la porta, per poco non la lascia cadere per la sorpresa. Dall'altra parte della soglia, a qualche decina di passi da lui, è comparsa una figura alta e massiccia, avvolta in una tunica.

«Ehi!» esclama Ahmed, sentendo i capelli dietro la nuca rizzarsi per lo spavento. Da dove è spuntato quel tizio? È lì immobile come una statua e il ragazzo continua a puntargli la luce contro, per farsi un'idea di chi o cosa sia: è imponente, la testa rasata, gli occhi truccati come le antiche figure egizie, le braccia nude che scendono lungo il corpo avvolto fino alle caviglie in una lunga veste bianca. Ahmed riacquista un poco del suo sangue freddo: non sarà una statua colorata, particolarmente realista? Spalanca la bocca, ma le parole faticano comunque a uscirgli dalla gola: «Ehm… c'è qualcuno, chi è là?»

Allora, la figura si muove. Ahmed sente il cuore accelerare nel petto e di nuovo i capelli rizzarsi fin sulla sommità della testa: non è una statua, quella! Il tizio solleva un braccio, mentre gli occhi aperti sembrano emettere un luccichio impressionante.

Adesso la mano di Ahmed trema di spavento e il fascio di luce sembra ballare sopra quella specie di gigante che continua a sollevare con grande lentezza prima un braccio poi l'altro.

«Chi è là?» insiste inutilmente a chiedere il ragazzo, come un soldato di vedetta. Solo che lui è disarmato: se quell'altro, per esempio, lo aggredisse? Così, decide di accucciarsi, spegnere la torcia e avvicinarsi quatto alla porta. Nel buio, sembra acquistare più coraggio e domanda, colto dal tremendo sospetto che il tizio in tunica abbia rapito l'archeologa: «Dov'è Bella?»

Un rombo sordo sembra propagarsi dal fondo della grotta e la terra ha uno scossone. Ahmed si aggrappa a uno sperone di roccia, e a voce alta osserva: «Il terremoto! Mio Dio, bisogna uscire subito di qui!» Poi grida di nuovo: «Bella, dove sei?»

Una luce azzurrina si propaga dall'altra stanza, dove è comparsa la figura. Ahmed osserva la scena affascinato: l'uomo ha sollevato entrambe le braccia al cielo, i palmi aperti e con voce stentorea parla in egiziano antico: «A me, forza del tuono! A me, potenza del vento!»

Un soffio comincia a sibilare nel cunicolo, la polvere turbina intorno ad Ahmed, sollevandosi verso l'alto, infine l'aria soffia con violenza, quasi si fosse scatenata una tempesta. Il ragazzo si china ancor più a terra, riparandosi la testa con le mani. Ma il vento lo frusta, lo spinge, e lo solleva da terra, con un getto potente d'aria calda scaturito da sotto il pavimento. Ahmed grida, terrorizzato, vorticando le gambe e le braccia nell'aria, come se nuotasse controcorrente. Una forza irresistibile, simile a un gorgo, lo risucchia nel riquadro della porta.

Intanto, la voce tonante sembra sbeffeggiarlo: «Benvenuto, mortale, nella dimora del re! Oltrepassa la soglia e avrai l'immenso onore di essere mio schiavo!»

«Grazie mille, ma rinuncio all'immenso onore!» grida Ahmed, combattendo contro la potenza del vento.

«Non puoi rinunciare. Hai violato la mia tomba, come la sciocca donna che ha tentato di sfuggire alla mia volontà! Ora, sei tu il mio passaggio per la luce!»

«Quale donna? Bella? Che fine ha fatto?» si sforza di parlare il ragazzo, ma il re non ha alcuna intenzione di rispondere alle sue domande.

Invece, sembra trapassarlo con i suoi occhi arroventati, mentre ripete: «La mia metamorfosi è quasi completata. Le mie fattezze sono già umane...»

«Chiamale umane!» non può fare a meno di commentare Ahmed, mulinando le braccia nel vento.

«Ho oltrepassato le caverne del buio, trasformando la donna in bestia. Ora mi servi tu, mortale, per condurmi lungo le caverne della luce!»

«Grazie, faraone, ma ho altri progetti...» ribatte Ahmed, che è riuscito finalmente ad aggrapparsi alla cornice della porta e non rinuncia a gridare con tutto il fiato che ha in corpo: «Cosa significa che hai trasformato la donna in bestia? Parli di Bella?»

«La donna che mi destò dal mio sonno secolare, che con occhi di gatto mi guidò fin qui... Ora tocca a te. Vieni, mio schiavo, te lo ordino!» le parole rimbombano sulle pareti.

Ahmed si domanda se ha capito bene: in fondo il fantasma parla egiziano antico. La donna con occhi di gatto? Trasformata in bestia? Che la povera Bella sia diventata... Oh, signore, un gatto, anzi una gattina miagolante!

E ancora una volta lui, stupido, se l'è fatta sfuggire di mano. Questa faccenda tende a ripetersi un po' troppe volte, si rimprovera. In più, se c'è una cosa che non sopporta è che qualcuno gli impartisca ordini, anche se è un pericolosissimo faraone. Così, aggrappato alla cornice della porta con tutte le sue forze, gli urla stizzito: «Nessuno ti ha detto che la schiavitù è stata abolita da un pezzo?»

14

Un ruggito squarcia l'aria, e il vento sembra frantumarsi, abbassandosi di colpo. Alla luce azzurrina emanata dalla sala magica dove il faraone troneggia a braccia levate, compare la massiccia figura di una belva.

«Ecco» pensa Ahmed ad alta voce «non ci mancava che questa!»

Già: non ci mancava che l'irruzione nella sala di un leone furioso, a fauci aperte e artigli sfoderati. Non proprio un leone, piuttosto una leonessa, considerando che non ha la criniera, ma mostra un corpo snello, con un'andatura lenta e si direbbe aggraziata, non fosse per l'effetto terrorizzante che ha sul povero Ahmed.

«Questo è proprio quello che si dice passare dalla padella alla brace» osserva lui, ormai senza forze.

La leonessa si ferma a pochi metri, sembra fiutarlo, lo fissa con i suoi occhi verdi che scintillano fosforescenti nell'oscurità della caverna. In quei pochi istanti, Ahmed coglie nel suo sguardo ferino un'espressione benevola. La leonessa sembra né più né meno la figura ingrandita della gattina di prima. Stessi occhi verdi, stesso pelo color dell'ambra...

Di colpo, Ahmed si riscuote: ma certo! Come ha fatto a non pensarci subito? E sì che le divinità egizie sono la sua specializzazione! Soltanto che, finché se le trova davanti in forma di immagini o di statue è un conto, vederle incarnate in animali è un'altra… Ma lì sotto, in quella tomba magica, le statue e le figure si sono animate, come un film: il faraone è uscito dal sarcofago e si è messo subito a comandare, la gattina era Bella trasformata in bestiolina… In ogni caso la gatta rappresenta la dea Bastet, la piccola divinità della gioia e può trasformarsi in Sekhmet, la dea della vendetta!

Quindi, quella potrebbe essere…

«Bella!» grida Ahmed, in tono trionfante.

Anziché rispondergli, la leonessa punta verso la soglia, incassando la grossa testa nelle spalle e abbassando le orecchie. Il vento ha smesso la sua virulenza e il ragazzo può toccare di nuovo terra con i piedi e mettersi subito da parte, nel momento esatto in cui un nuovo tuono fa vibrare le pareti, e il grido del faraone diventa uno spaventoso ululato. Sotto gli occhi increduli e inorriditi di Ahmed, l'alta figura umana si trasforma in un gigantesco sciacallo.

«No!» grida Ahmed, allungando una mano verso la leonessa, quasi volesse fermarla. «Bella, non andare! È Seth il distruttore, il dio del deserto!»

Ma la leonessa non sembra prestargli ascolto, anzi, con un brontolio spicca un balzo e supera la soglia. Un lampo appare sul soffitto della sala, e a quella luce abbagliante scintillano gli artigli sfoderati dalla leonessa e i denti aguzzi dello sciacallo. Un tuono scuote per l'ennesima volta le pareti sotterranee, e copre il richiamo disperato di Ahmed: «Bella! Torna indietro!»

È troppo tardi, ormai. Le due belve si avventano una contro l'altra nella caverna illuminata dal balenare dei lampi. La lotta è breve, è soltanto il primo assalto, poi la leonessa, ferita da graffi sulle zampe, con un balzo si rifugia in fondo alla sala, preparandosi con un brontolio sordo ad attaccare di nuovo. Ferma nel cono d'ombra, di lei si vedono solo gli occhi verdi bucare l'oscurità come due laser. Lo sciacallo si è addossato contro la parete opposta, preparandosi alla lotta. Una lingua di fuoco gli esce dalla orribile bocca.

Roba da non credere: Ahmed sta assistendo alla battaglia tra il dio del deserto Seth e la dea della guerra Sekhmet. Spera soltanto che le leggende siano giuste e che i raggi del sole impersonati dalla figura della leonessa trionfino sullo sciacallo della morte. Però quella è anche la sua Bella, ed è suo dovere darle una mano…

«Bella!» urla di nuovo, e muove un passo verso la soglia.

Ma la voce della ragazza lo blocca: «Vattene, Ahmed! Salvati e anch'io mi salverò!»

Poi, la leonessa balza in avanti, senza alcun timore del fuoco sprigionato dalle fauci dello sciacallo. Punta anzi proprio verso il muso della bestia nemica.

Il lampo che attraversa la sala è più vivido, e squassa la

stanza, con un tuono assordante che scuote tutte le pareti e il pavimento, e fa crollare le pietre dal soffitto.

Ahmed vorrebbe lanciarsi verso l'interno della sala, ma i suoi piedi sembrano decidere per lui: si muovono come animati di vita propria e lo fanno correre via da lì, riparando verso lo stretto cunicolo dal quale è entrato. Via, via, mentre la terra sotto di lui sembra trasformarsi in un tapis roulant e dalle pareti cadono pietre sempre più grandi. Ormai sta crollando tutto e Ahmed arriva all'uscita trafelato, riesce appena in tempo a riparare fuori prima che quel varco si chiuda in un boato e una nuvola di sabbia si sollevi come una colonna verso il cielo dove, indifferente, il sole continua a sfolgorare con implacabili carezze sulla sabbia rovente.

15

Ahmed stringe gli occhi verso la luce accecante, stordito. Si riempie i polmoni di aria calda, combattendo un forte senso di vertigine. Vacilla, si lascia cadere pesantemente a terra e, seduto sulla morbida sabbia, cerca di schiarirsi la mente. È successo tutto davvero o è stato frutto della sua immaginazione, magari eccitata dal buio, dalla mancanza di ossigeno là sotto?

Eppure, se chiude gli occhi, gli sembra tutto ancora vivissimo: il faraone con le braccia alzate, la gattina e poi la leonessa, la battaglia tra le due belve, e il crollo delle pareti… Certo, anche ammesso che sia successo tutto realmente, quell'avventura non è servita a nulla. È entrato solo nella tomba e solo è uscito, anzi, probabilmente causando un danno inestimabile…

Ahmed si prende la testa tra le mani: proprio a lui, a un archeologo, doveva toccare di distruggere un enorme tesoro antichissimo! Ed è senz'altro colpa sua se la povera Bella è rimasta da qualche parte, là sotto! No, questo sarebbe troppo, sarebbe orribile!

Ahmed sente spuntare le lacrime agli occhi, mentre balbetta: «Bella, dove sei? Ti ho perduta subito? Prima ancora di conoscerti meglio?» Una lacrima rotola giù dalla guancia, cade fino a terra, sulla sabbia. Ahmed si sente sopraffare dalla vergogna: non soltanto ha fallito nella ricerca, ma gli viene persino da piangere. Si asciuga con il dorso della mano, e solleva lo sguardo verso il punto da cui è uscito e che si è richiuso. Se necessario, scaverà con le sue mani per riaprire il varco, e trovare la tomba! Scatta in piedi e si lancia di nuovo verso la parete chiusa. Ma dov'era? Dov'era quella fessura?

Cammina avanti e indietro, guardando la roccia. Poi sente urtare qualcosa con la scarpa e abbassa gli occhi: proprio lì, accanto alla punta dello scarpone, è affiorata dalla sabbia una grande rosa del deserto.

Ahmed si abbassa, la prende con delicatezza tra le mani: la pietra rosea luccica al sole e quel colore tenero e luminoso gli ricorda la pelle dorata di Bella. Di nuovo lo sguardo si offusca a causa delle lacrime, gli pare di sentire risuonare nelle orecchie il grido della ragazza: «Ahmed... Ahmed... salvati...»

Un momento! «Salva-TI» o «Salva-MI»?

La voce, come un'eco lontanissima torna a carezzargli le orecchie: «Salvami...»

Non è il ricordo di quello che è appena successo, questo è un suono vivo, reale! È un richiamo soffocato che proviene da sottoterra!

Ahmed si inginocchia e si mette a scavare svelto con le mani, come un cane. La sabbia fine solleva una gran polvere, gli entra nel naso, gli fa bruciare gli occhi, ma lui insiste, affannato. Sotto la coltre di terra appare l'imboccatura di un pozzo: accidenti, ecco dov'è finita Bella!

«Ahmed, dai, muoviti!» sta dicendo irritata la voce della ragazza. «Non posso mica stare qui tutta la vita!»

Il cuore di Ahmed sembra fare un salto dal petto per finire in gola: sì, stavolta è proprio lei. «Arrivo, baby!» strilla, con le mani a cono intorno alla bocca.

La risposta giunge subito: «Baby?»

Ormai Ahmed ha riacquistato lucidità, estrae dalla tasca dei pantaloni un razzo di segnalazione e lo spara in alto: una fiamma rossa si solleva, come un fuoco d'artificio. «Tesoro, resisti, arrivano i nostri!»

I nostri non tardano a profilarsi all'orizzonte nella forma della jeep con i quattro studenti a bordo. In fretta arriva fino al punto in cui Ahmed sventola le mani in alto, e con insolita efficienza i ragazzi scendono a terra, pronti a seguire gli ordini dell'archeologo.

L'imboccatura del pozzo è presto ripulita dalla terra e dalla sabbia, e una corda con un'imbracatura è calata giù. Appena Bella grida di essere pronta, i ragazzi la issano fino in superficie, dove è accolta con grida di gioia. È completamente ricoperta di sabbia, e mostra profondi graffi sulle braccia. Ahmed si slancia in avanti per liberarla dall'imbracatura e prenderla in braccio come fosse una bambina. Circondato dal gruppo degli allievi, Bella è sdraiata su un materassino, sul retro della jeep. Ahmed si affretta a prendere la borraccia dalle mani di un assistente: ci vuole pensare lui a spruzzarle acqua sul viso, a farle bere sorsate, e pulirle la faccia con un fazzoletto umido.

Bella socchiude gli occhi: «Ahmed! Sei tu, mi hai salvata!»

Il ragazzo la fissa commosso. «Non ho fatto granché. Invece, senti, avevi ragione: la tomba...»

Gli occhi di Bella lo scrutano e per un istante un bagliore verde sembra attraversare le sue pupille. Ahmed deglutisce a forza e si china sul suo orecchio per dirle: «Bella... eri tu la gatta e la leonessa... Bastet e Sekhmet... laggiù, hai lottato contro il faraone, lo hai ricacciato indietro.»

Bella chiude le palpebre, assume un'espressione beffarda: «Di cosa parli, Ahmed?»

«Lo sapevo fin dall'inizio che sei una leonessa» risponde lui, stringendole una mano.

Lei socchiude gli occhi, sulla faccia si disegna un'espressione ironica. «Ti faccio paura?»

«Mica tanto» fa lui. «Credo di sapere come si doma una belva.» E così dicendo, la bacia.

Si sono sposati, in seguito?

Ma certo! Si sono sposati e vivono felici e contenti da qualche parte. Perché questa storia è moderna, ma è pur sempre una fiaba.

INDICE: